KB203457

들꽃처럼 제15집

대한문인협회 서울지회 동인문집

은은한 들꽃향기를 피어내다

서울지회 "들꽃처럼" 43명의 동인이 은은하면서도 진한 향기로 다섯 번째 꽃망울을 터뜨리게 되었습니다. 일상 생활을 완전히 변하게 했던 코로나19 시절도 무탈하게 이겨 내고 시대의 변화 속에서도 꾸준히 창작 활동을 이어오며 서로의 작품을 나누고 성장해왔습니다. "들꽃처럼 제 5시집"에는 43명의 시인들이 각자의 개성을 담아 써 내려간 다채로운 시들의 향연을 담았습니다 사랑, 삶, 자연, 그리고 꿈 등 우리 삶의 다양한 주제를 아름다운 시어로 표현한 작품으로, 독자들에게 따뜻한 위로와 깊은 감동을 선사하리라 믿어 의심치 않습니다.

"들꽃처럼"이라는 이름처럼, 저희 동인은 화려하지 않지만 꾸준히 피어나는 들꽃처럼, 묵묵히 자신의 길을 걸어가고 있습니다. 서울지회 회원들과 많은 독자들의 관심과 사랑 속에서 더욱 성장하고 발전하는 동인이 될 수 있도록 노력하리라 다짐해 봅니다.

마지막으로, 이 아름다운 동인지를 완성하기 위해 밤낮없이 노력해주신 김종태 사무국장님, 많은 회원들의 참여를 독려해 주신 김윤곤 홍보국장님, 장용순 기획국장님, 한현희 총무국장님, 그외 맡은 자리에서 말없이 수고해 주신 차장님, 두 분의 감사님, 그리고 함께라는 이름으로 이끌어 주신 시인님들께도 깊이 감사드립니다.
무엇보다도 한 권의 책을 완성할 수 있도록 적극 참여해 주신 43분의 시인님들께도 진심을 담아 감사함을 전합니다.

앞으로도 서울지회가 서로가 서로를 위하면서 꾸준히 발전하고 화합할 수 있도록 최선을 다하겠습니다.

대한문인협회 서울지회 지회장 김혜정

– 목차 –

– 목차 –

– 목차 –

시인 강개준

❀ 목차

❀ 프로필

서울 거주
대한문학세계 시 부문 등단
(사)창작문학예술인협의회 회원
대한문인협회 서울지회 정회원
동아리 시시각각 대표

❀ 시작 노트

높고 푸른 공간 속에 태어난, 살아있는 것들의 존귀함을 느낄 때
우린 새삼 감사함을 찾을 수 있을 것 같다

부드러운 대지 위에서 찬란한 햇빛을 맞으며
맑은 물과 공기를 마음껏 마실 수 있는 그 고마움을,
우리는 값없이 누리는 행복이라 그 소중함을 평소엔 모르다가
몸이 아프거나 위태할 때 비로소 그 고마움과 소중함을 알게 된다.

생애의 노을이 서서히 짙어갈 때 바라보는 아름다운 생의 애착처럼
언어로 지은 집이 얼마나 예쁘고 사랑스러운가를 느낄 때
나는 비로소 소탈한 필부가 되어 시를 쓰기로 하였다.
살아있는 것들을 사랑의 마음으로……

동백꽃의 넋 / 강개준

그대 이름이 동백이라 하기엔
너무나 곱고 아름다워
동백이라 부르기보다는
나의 신부라고 부르고 싶다.

동지섣달 눈보라엔 고개 숙이고
달과 별이 초롱 한 밤이면
고운 임 기리며 곱게 자란 꽃망울이
바로 그대였던가

얼은 손 비비고 언제 피어났는고
춘삼월 봄볕이 그리도 좋았더냐
활짝 핀 네 얼굴이 너무 곱게 보여
행여나 나의 임 얼굴인가 했노라.

동백아! 동백아!
사랑하는 동백아!
가슴골 깊이 흐르는 뜨거운 피는
떠나가신 우리 임의 사랑인가 하노라.

보랏빛 연정 / 강개준

푸르고 젊은 날에
보라색 목련꽃이
고관집 담장 너머로 얼굴을 내밀 때

자주색 치마폭이
바람결에 살랑살랑
양반집 가풍도 봄날에 한들거린다.

자유를 찾아가는 냇물이
낮은 곳을 향하여 졸 졸졸
쉼 없이 달려만 가고

보랏빛 로벨리아 냇가에서
바람 타고 한들한들
하늘을 날고자 애를 쓸 때

양지바른 무덤가에
키 작은 제비꽃
보랏빛 연정으로
떠나버린 임을 생각하네.

코스모스의 착각 / 강개준

가을이 채 오기도 전에
그대 어인 일로 거기에 서 있는가요.

가을이 오려면 아직도 먼 길인데
어쩌자고 이리도 빨리 피었는가요

봄이 지나고 여름이 사위어
서늘한 바람이 불어오는 날

가녀린 춤사위로 가을을 유혹하는
코스모스가 그대가 아닌가요.

어쩌자고 그대는 봄날에 피었는가요.
계절을 어겨야 할
피치 못 할 사정이 있는가요.

청보리밭 푸르름 속에
외롭게 피어난 그대 모습

계절을 착각한 그대, 기후의 잘못인가.
홀로선 그대 모습
가만히 바라보는 마음만 아파요

바람 / 강개준

나뭇잎이 흔들리고
바람이 불었다.

파도가 부서지고
바람이 불었다.

마음이 찢어지고
바람이 불었다.

모두가 바람 때문이었다.
보이지 않은 바람 때문에

흔들리고 부서지고
찢어지는 일이 얼마나 많은가.

극지같이 얼어붙은 세상에
사랑의 바람이 불면 좋겠다.

너에게도 나에게도
우리 모두에게 따듯한
사랑의 바람이 불어오면 좋겠다.

시인 강고진

목차

프로필

대한문학세계 시 부문 등단
(사)창작문학예술인협의회 회원
대한문인협회 서울지회 정회원
대한문인협회 서울지회 기획차장
동인지 서향과 동향 16년 2월
동인지 청일문학 18년 2월
동인지 푸른문학 19년 6월
동인지 대한문인협회 서울지회 2020년 12월 15일

수타사 계곡 / 강고진

시원하게 쏟아지는 계곡물
한층 더 녹음이 짙어진
활엽수 이파리 살랑거린다

손짓하듯 흔들리어 화려하다
계곡물에 발 담그고 앉아
힐링이기에 즐기고 있으니 좋다

귀엽게 지저귀는 새소리 정겹게
들려오고 산소길 따라 산비탈
걷고 있으니 신이 나는 마음

풀 내음 은은하게 풍겨오는
산속을 향해 오르다 보니
향긋한 풀 내음에 흠뻑 젖어 든다

구례 산동 산수유 / 강고진

마을 한가운데 가로질러
노랗게 핀 산수유
서시천 돌다리 건너보네

지리산 골짜기 따라
마을로 흐르고
흐르는 맑은 개울물

산동마을 동네 데크길
따라 꽃 속에 파묻혀
사진 찍으면 걸음을
옮겨 본다

환하게 웃고 있는 집사람
모처럼 만에 여행길
좋아라 싱글벙글
산수유인 양 곱고 이쁘다

노란 꽃술 소복 소복이
피어난 산수유 꽃인 듯
곱고 이뻐 우리 부부는
꽃 속에 젖어
황홀한 기분이 드는 하루

어머니의 된장국 / 강고진

해님이 뉘엿뉘엿 저무는
저녁 무렵 부엌에 서서
밥 지으시던 어머니
된장국 끄려 내시며

감자 깎아 자르는 소리
또각또각 썰으신다
두부 한 모 숭덩숭덩 썰어
뚝배기에 넣고

화롯불에 올려놓고는
된장 풀어놓으시고
식구들 먹이기 위해
보글보글 끓여 내시었다

구수한 된장국 냄새 맡으며
기다리면 옛 추억이
새록새록 떠오르고
어머니 된장국 먹고 자랐던
그 시절이 그리워진다

여객선 타고 울릉도 / 강고진

망망대해 바라보며 출렁이는
뱃머리 푸른 물결 일렁이는
수평선 가로질러 향한다

여객선 타고 가는 이 기분
어디에 비할고 뱃길 따라
울릉도 찾아 떠난다네

봄비는 하염없이 바다에
뿌리고 넓은 바다 한쪽에서
해님이 방긋 파도를 타고

수평선 향해 달리는 연락선
울릉도 찾아 향하는 뱃길
따라 달리는 바다 아름답다

시인 김명수

❀ 목차

❀ 프로필

2018년 1월 대한문학세계 시 부문 등단
2024년 3월 시집 「시, 우리 삶의 노래」 출간
광주광역시 태생
율산실업주식회사 근무
광고기획사 프로아트 대표

❀ 시작 노트

시 짓기는 늘 어렵습니다.
시란 시인의 삶에 대한 고뇌와 아픔들이 영혼의 사리처럼
영롱한 시어로써 마음의 창을 통해 타인에게 전달됩니다.
젊은 날 손 놓았던 시를 중년을 넘어 다시 쓰다 보니
30대 중반에 멈춘 시심을 깨우는 과정이 퍽 어려웠습니다.
그러나 영롱함이 부족한 시어지만 틈틈이 시를 짓고
이번 서울지회 동인지에 참가하게 되었습니다.

그 여자 / 김명수

이웃집 담 너머에
봄이 빨간 꽃이 환하게 웃고 있습니다.
무심한 척 예쁘게도 피어난 꽃

뒷산 마루에 걸린
낙조의 태양을 사발로 들이킨 듯
내 얼굴은 빨갛게 물들고,

어느새
그녀는 내게 꽃으로 다가왔습니다.

나를 부끄럽게 물들이던
몇 번의 해는 지고
꽃이 보고 싶어 기웃거렸지만

어두운 담 너머
그 꽃은 보이지 않고
영롱한 별 하나가 비추고 있습니다.

그 별은 마치
나를 알고 있다는 듯
나를 보고 반짝반짝 웃고 있습니다.

꽃은 지고, 별이 떠올랐습니다.
으스스 몸을 떨며
내 가슴은 까맣게 물들어 갑니다.

어느새
그녀는 내게 별이 되었습니다.

5월의 장미 / 김명수

봄의 하늘가에서
젊은 함성이 아프도록 들려오는
늘 피해가 망상인 듯 헤아릴 수 없던
오월 어느 날.

잡초만 무성한 나의 뜰에
아름다운 붉은 꽃잎과 몽환적 향기로
꽃을 모르던 나에게
장미의 이름으로 피어난 너

고꾸라지던 젊음, 포기한 사랑
흔한 석양의 낙조에 넋을 뺏겨가던 나를
요동치는 심장으로
불타는 가슴이 바로 사랑임을 일러 준
너, 오월의 장미여!

너를 따려다 가시에 찔려
내 붉은 피 스며들어 새빨갛게 피어나니
더더욱 아름답고 고귀한
오월의 여왕 장미여,
너의 아픈 가시도 나는 이미 잊었노라.

낙엽의 노래 / 김명수

풋내나는 연둣빛 살갗이 부끄러워
여름날 긴긴 햇볕에 종일토록 태웠더니
오뉴월 꾸던 꿈은
어느새 노란 황금빛으로

여름날 살갑게 불던 바람 서늘하고
갈증 해갈해 주던 빗방울마저 시리니
엽록에 숨어 있던 그리움은 빨갛게 타올라
그곳으로 이제는 떠나야 한다.

지난밤 무서리 내린 기별에
노쇠한 손 하얗게 서려 바스락거리니
차가워진 태양에
이제, 더는 매달리지 않으리!

먼 태고에서 새순으로 찾아왔듯이
새로운 날을 위해
가지 잡은 손 이제 놓고서
오는 봄, 내 다시 또 피어나리라.

갈잎의 겨울 / 김명수

계절을 따라가지 못한 삭은 갈잎
관습과 시류도 거부한 채 홀로 남아
긴긴 겨울밤 나약한 생명의 가지 끝 붙들고
추억을 되새김질하고 있다.

지난 계절
상당한 추파들이 영상처럼 스쳐 갔지만,

그래도 가끔은
은근히 유혹하는 상쾌한 바람의 속살거림도
신선함이 충만한 비의 촉촉한 적심도
나른하게 비추던 찬란한 스펙트럼의 햇볕도
모두 다 스치고 지나갈 것이라 여기며
한껏 높다랗게 서서 손사래를 쳤기에
후회 가득한 고독 속에 차디찬 몸 사위어만 간다.

이렇듯 눈보라 속에 홀로 남았지만,
식었던 태양이 봄을 좇아 슬슬 달궈지면
지난날 속삭이던 바람 다시 불고
홀연히 적셔주던 빗줄기도 다시 찾아오리니
그때, 네 몸이 새순으로 변하거든,

너는 노래 불러라
고독과 북풍한설에도 살아남은 부활의 노래를.

시인 김명시

❀ 목차

❀ 프로필

2015년 대한문학세계 시 부문 등단
2016년 한국문학 향토문학상
2017년 현대시를 대표하는 "명인명시 특선시인선" 선정
2020년 고려대학교 평생교육원 시 부문 창작과정 이수
2024년 짧은 시 짓기 전국 공모전 장려상 수상

❀ 시작 노트

대한문인협회 서울지회 '들꽃처럼' 제5집 출간에 따른 시문학 동인으로 참가하여 독자들께 소개되고 동인들과 교감을 이룰 수 있게 되어 뜻깊다.
동인지 '들꽃처럼'을 통해 문인들의 창작활동이 진작되고 문학계가 한층 발전하길 기대한다.

호반 무도회 / 김명시

은빛 망토를 걸친
아름다운 자태의 그대는 샤롯데

빼어난 아름다움에 사랑을 불사르다 요절해
한없이 흘린 눈물로 호수가 된 베르테르

넘볼 수 없는 너를 바라보는 아픔에
쏟아낸 눈물이 넓은 '석촌호'가 되어 출렁거린다.

수백 년 지난 오늘도 그대 곁에서
그리움을 자아내는 호반이 되어
사랑을 꿈꾸는 연인들을 맞는다

'샤롯데 123'
하나둘 셋, 둘 둘 셋 왈츠 리듬이 울리면

잔잔한 은반 물결이 되어
영롱한 햇살에 반짝이는 베르테르의 슬픈 전설은

연인의 발걸음을 선율에 실어
오색 꽃들과 초록이 싱그러운
호반으로 부른다.

열정 예찬 / 김명시

너에게 입맞춤할 때 오감이 확 뚫린다
발갛게 약이 오른 걸 보면 멈칫하다가 두근거리고

네가 품고 있는 캡사이신과 한 몸이 되어
한바탕 얽히고설켜서
이내 붉게 타오를 땐
진땀이 나도록 몸이 화끈거린다

모두 매섭다고 피하는데
가슴을 쓸어내고 심장을 할퀴는 너의 손길이 닿으면
쳐진 몸이 번쩍 곤두서고 솟구치는 힘이 사납다

맥없는 혈기에 활력이 식어버릴 즈음
열정을 돋우며 찬란한 노을 속으로 풍덩 빠져들고 싶다

몸을 살라 꽃을 피우지 못하고
뜨거움을 잃어버린 생명이라면 죽은 목숨이거늘
활기를 불살라 줄 캡사이신을 데려다
나른해진 몸을 일깨워 곧이 세운다.

딴지 응수 / 김명시

괜한 집적에 시달리고 반복되니 짜증이 쌓인다

잘 갖추고 대비해도
뒷다리 잡아채고
걸려 넘어뜨리는 형체 없는 너는
보이지 않지만, 길목에 매복해 활을 겨누는
살아 숨 쉬는 실체로서 기세도 사납다

대들면 달래고
때리면 가려내 받아 내고
길을 막으면 피해 돌아가련만
짜증과 분노가 불뚝불뚝 솟는 건 어찌하면 좋을까?

쪼그라든 마음에 살을 붙이고
비좁은 채움을 넉넉한 여백으로 쉼터를 늘려서
비워 놓은 곳에 자리 하나 만들어 너의 몫을 놓아주면

보이지 않게 동행하는 너와도
우정의 벗이 되어 순행하려는가?

가을 남자 / 김명시

남자가 분위기를 타면
노을빛이 여자의 입술처럼
촉촉해진다고 합니다

감성적 기분에 젖어
노을이 지는
한적한 벤치에 앉으니

지난날 야생마처럼 내달렸던 말발굽 소리가
아련히 들리기도 하고

세차게 내리치던 말채찍에
머리를 솟구쳐 울부짖던 소리가
아픔에 신음하는 소리로 굴곡져 들릴 때면

거칠던 소리 그림자에 잠기고
싸늘했던 채찍질이
소녀의 빗질처럼 길어지고
부드러워진다고 합니다

매운 고추장 톡 쏘는 맛도
구수한 된장 맛에 익숙해져
누런 벼잎 낟알처럼 고개를 숙이고

여인의 앙칼진 소리도
석양을 등진 기러기 울음 같아서

아련한 추억의 연가 속에
가을 남자의 가슴을 노을빛으로 물들인다고 합니다.

시인 김미영

목차

프로필

대한문학세계 시 부문 등단
(사)창작문학예술인협의회 회원
대한문인협회 서울지회 정회원
문학포털강건 정회원 월간시선지 계간지 참여
시를 꿈꾸다 동인지 1집 2집 3집 4집 참여
들꽃처럼 4집 참여
〈시집〉 당신은 늘 그리움이었어

시작 노트

올해의 팔월은 불볕더위로 땀방울이
비가 되어 흘렀지만,
어느 해 보다도 바쁘게 보낸 팔월의 크리스마스라
말하고 싶다
관심 있는 곳에서 마음이 행복했기에...
이젠 구월
가을이 성큼 손을 내미니
들꽃처럼 예쁜 미소로
맞으리라
시간이 지나
아름답게 물들일
너의 세계로 가보자.

노을이 지는 창 / 김미영

쉴 새 없이 바삐 지내다
2박 3일의 여행을 떠났다
늘 가던 곳이긴 해도
내겐 참 익숙한 장소다

여전히 많은 사람이
드나드는 곳이라
이젠 그들도 나와 같은 마음으로
머물다 갈 것이다

8271 병동 내가 잠시 머무는 방
창문 있는 침대를 바랐는데
생각과 같아 절로 미소가 지어져
기분 좋은 여정이 시작이다

해 질 녘
멀리 보이는 빌딩 사이
노을을 배경으로 해가 지고 있다
도심에서 보는 깔끔한 풍경

해 지는 노을만 볼 수 있는 창
사람마다 생각이 다르지만
그저 해 지는 노을은 아름다운 거라고
생각하는 삶이기를 바란다.

밤비 / 김미영

삼월이 일주일 남짓 남아
비가 내리는 건
가는 게 아쉬워서 주룩주룩 인가

새로 맞이할 사월을 부르는 소리일까
비를 머금은 꽃봉오리는 밤을 새워
아침이면 꽃망울 터트려 방긋일 테지

그리움에 마음은 비로 젖어도
빗방울에 반짝일 초록 잎
싱그러운 미소로 반기니 사랑이 가득해졌어.

사랑 이별 / 김미영

카톡으로 보내온 이별
괴로움과 슬픔에
무너지는 가슴

떠난 사랑
혼자만의 아픔
떨구려 머리를 쥐고 흔들어도

온몸으로 독처럼 퍼지는
쓰라림에 눈을 감아 보지만,
퍼렇게 멍이 들어
치유되기 쉽지 않은 현실

이젠 가을이 가듯
그 아픔을 낙엽에 실어 보내며
하얀 겨울에 그 상처를 묻으니
조금씩 삭아지는 가슴 속
희미하게 남아도.

빈 잔의 허무 / 김미영

바람에 비가 묻은 하루가
뒤도 돌아 보지 않고 가더라
그 길을 쫓아 함께 가려 했으나
덩그러니 혼자 남았다

바쁜 척해도 마음속엔 왠지
무언가 잃어버린 듯해
찾아 헤매도 잡히지 않지만,
어디엔가 있을 것이다

채워지지 않는 모습
술을 따라도 담기지 않아
멈추어 버렸다
내게서 빠져나간 건 무엇일까

가끔 비어버린 가슴에
쉬이 차지 않는 건
더 담으려 애쓰기 때문일 것이다
그냥 잊고 있으면 될 일이었다.

시인 김영길

❀ 목차

❀ 프로필

한양대학교 경영학과 졸업
서울디지털대학교 문예창작학과 졸업
숭실대학교경영대학원 석사과정 졸업
대한문학세계 시, 수필 부문 등단
(사)창작문학예술인협의회 이사 역임
제11회 순우리말 글짓기 대상 수상

〈저서〉
제1시집 “자연은 천심이다”
제2시집 “사차원 공간”
제3시집 “순리의 역행은 죽음의 길”
제4시집 “보석 같은 순결”
수필집 “하나님의 아들딸은 죄를 짓지 않았다”
제1소설집 “강림의 꽃”
제2소설집 “천도문 의인의 기적”

❀ 시작 노트

내가 시를 쓰는 이유는
자신의 지난 삶의 반성의 기회를
갖게 됨으로써 사물과의 진실한
대화를 하기 위함이다

찬란한 일몰 / 김영길

해님의 일몰이 아름답고
찬란하듯이 인생의 피날레도
그럴 수 있었으면 좋겠다.

인생은 누구나 죽음은 예고된
것일 테지만 그저 사라져감의
허무보다는 불타오르며 사라져가는
해님처럼 사라짐의 미학을
본받아야 하겠다.

그처럼 나의 삶도 일몰처럼
아름다울 수는 없을까
속으로 생각을 해 본다

하기야 해 뜨고 해지고
바람 불고 비 오는 세상사가
한바탕 코미디 같다

울다가는 웃고 사랑하고
미워하는 인생사도 각본 없는
한바탕 연극이다

연극 같은 삶, 뒤에 남은 사람들이
두고두고 이별을 아쉬워하고
그리워하기를 바랄 수는 없어도

뒷맛이 상큼한 한편의 연극을
남기고 갔다는 말을 들을 수
있으면 좋겠다.

나무도 감정이 있다 / 김영길

한 곳에 붙박이장처럼
살고 있는 나무도 울고
싶을 때가 많다

내 곁에서 자유스럽게
활동하며 돌아다니는
다람쥐와 청설모 까치와
참새들이 너무나 부러워
울고 싶을 때가 있다

나무들도 밤이면 옆 나무와
말을 서로 주고받는다.
나도 꿈이 있다고 말한다
나도 가족들과 여행을 떠나고
싶다고 말한다

하지만
태어난 운명이 나무라서
나무숲속에서 살아가는
동물들을 바라보며 내가 저들의
행복의 삶의 터전을 제공해
준다는 생각에 위안을 느끼며
외로움을 달래가며 살아가노라
말한다

가을 나무 / 김영길

가을이 도래하니 나무들은
노랑물이 들더니 단풍이
호화찬란하게 울긋불긋 금방이라도
불이라도 날 것 같은 빨갛게
불타오르는 모습에 소방차가
착각하고 출동할까 살펴보고 있구나!

홍엽이 되어 불사르는 고통
알몸이 될 나무를 떠나야 하는
이별의 순간 봄여름 가을
너의 몸에서 영양분을 먹고
그 시간이 즐겁고 행복하였다

마지막 잎새가 되어 어디로
떠나야 할까
처절한 침묵의 시간이 흐르고
엄동설한에 옷을 벗어던지고
네가 살아갈 생각을 하니
떠나는 발걸음이 너무나
무거워 걸을 수가 없구나!

술 취한 해님 / 김영길

서쪽 하늘에 지는 해님의 얼굴이
술 한 잔 먹은 볼때기처럼 붉다
불콰한 얼굴 색깔이 볼만하다
소주 한 잔 두 잔 혼자 마시다
취해 버린 걸까?

나도 덩달아 취한 것 같은
느낌으로 얼굴이 붉어 오른다
술 취한 저녁노을이다

저녁노을이 그토록 눈부시게
아름다운 것은 가슴속에 멍울처럼
남아 있는 아쉬움 때문일 거야

오늘이란 시간의 파편이 역사의
지평 저 너머로 사라져 가는 순간,
그럴 때는 황혼의 트럼펫이
가슴 저린 울림으로 아스라이
하늘로 퍼져 나간다.

시인 김영수

❀ 목차

❀ 프로필
대한문학세계 시 부문 등단(2018)
(사)창작문학예술인협의회 회원
대한문인협회 서울지회 정회원
대한창작문예대학 졸업(2023)
문학창작지도자 자격 취득(2023)

❀ 시작 노트

여름과 가을의 완충지대에 서서
가을에게 묻는다. 단풍은 왜 곱게 물드느냐고

가을은 말한다. 엄동설한을 견디고
봄날 꽃샘추위를 이겨내고, 뜨거운 열정을 불태우며
여름날 비바람 견디어내다 보면
그 추억들이 단풍으로 물드는 거라고

가을이 나에게 묻는다
그동안 최선을 다해 열심히 살았냐고

나는 말을 하네
열정을 불태우며 청년으로 살았던
피 땀 눈물 웃음 환희가 어우러진 내 삶도
단풍처럼 곱게 물들었으면 좋겠다고

- 詩 가을이 나에게 묻는다 중에서-

비는 다솜이다 / 김영수

비는 온새미로 다솜이다
땅을 적시어 모두의 힘을 돋우고
하늘을 깨끗이 씻어 내고, 가람을 채운다

비는 모두에게 벗이다
메에 내리면 메로 스미어 나무가 되고
바다에 내리면 출렁이는 너울이 된다

작은 한 방울의 순수한 비가 모여
가람으로 흐르고 바다에 이르면 너울처럼
누리를 바꿀 수 있는 큰 힘이 된다

단비는 그루잠 자는 씨앗을 깨우고
꽃밭에 내리면 꽃내음이 피어오른다
마음을 적시며 내리는 비는 온새미로 다솜이다

* 다솜 : 사랑
* 온새미로 : 있는 그대로, 쪼개지 않고, 자연 그대로, 언제나 변함없이
* 가람 : 강, 호수
* 메 : 산을 예스럽게 이르는 말
* 너울 : 바다의 크고 사나운 물결
* 누리 : 세상을 예스럽게 이르는 말
* 단비 : 알맞게 내리는 비
* 그루잠 : 깨었다가 다시 든 잠

수덕사의 가을 / 김영수

발길 뜸한 고즈넉한 산사
경내를 거닐던 삭발한 수도승처럼
잎이 져버린 가지마다 빨갛게
주렁주렁 감이 익어가고 있다

여승의 낭랑한 염불 소리
산자락 따라 울려 퍼지면
감나무처럼 마음을 비우고
올라오던 언덕을 돌아가는 길

시절 인연에 예까지 오셨으니
쉬어가라 속삭이는 한 줄기 바람 속에
첫사랑의 그윽한 분향을 풍기며
댕강나무꽃이 수줍은 듯 피어 있다

추억에 젖어 드는 황홀한 찰나
철이 지나 핀 댕강나무 꽃향기에 숨은
그대 품에 얼굴을 묻고 눈을 감으면
천상의 목소리 감미롭게 들려온다

술잔은 달빛을 업고 / 김영수

누군가 그리운 날엔
이슬처럼 마알간 고요가
물의 영혼으로 반짝인다

친구야
너 그거 아니, 물과 소주
투명한 잔에 담긴 우정을

하지만 서로 다른 특질이 있어
물을 마시면 몸을 적셔주지만
소주는 마음을 적셔주거든

물처럼 투명한 술은 밤이라야
향기가 짙어지고 침묵으로 닫힌
마음은 환한 미소로 화답하지

하얀 그리움 품고 달이 뜨는 밤
부딪치는 술잔은 달빛을 업고
마음을 적시는 친구가 있어 좋다

캔 맥주를 탐하다 / 김영수

갈증의 순간, 야무진 손끝이
맥주캔 손잡이를 향하고
따악~
철판을 찢으며 들려오는 앙칼진 비명에
카타르시스를 느끼는 찰나

탄산은 치이익 괴성을 지르고
거품이 용솟음치며 발악해 보지만
이 순간을 기다렸던 군사는 후르릅,
한입 흡입으로 단숨에 반란을 평정한다

승리를 쟁취한 개선장군은
비명 소리에 흠칫 놀라고
거품의 반항을 잠재우던 순간의
흥분을 감추며 전리품을 나눈다

이제는 캔을 들고 멋지게
콰알~ 콰알! 소리를 내며 마시든
예쁜 잔에 청량함을 가득 채우고
씁쓸한 맛과 향에 취해 눈요기하며 마시든
그대들 마음대로 하시라

시인 김영환

❀ 목차

❀ 프로필

2017 대한문학세계 시 부문 등단
(사)창작문학예술인협의회 회원
대한문인협회 서울지회 정회원

❀ 시작 노트

격랑의 세파 속에서 후회 없이 살고 사랑하고
파도가 머언 구름에 닿는 날 한점 지혜와 용기로
그대 곁에 피어날 어느 고운 아침을 기다리며

부모 / 김영환

해도 해도
다함이 없는 수고를 다 하고

주어도 주어도
모자란 애정을 쏟는다

가도 가도
끝이 없는 길을 걸어서

삶 속에 켜켜이 쌓인
사랑이 산처럼 자랄 때

세월 속에 눈처럼 내린
사랑이 꽃처럼 피었다

가을이 오네 / 김영환

바람이 데리고 왔는가
소슬한 가을의 향기를

붉게 물이 들던 미련도
부는 바람에 흩어진다

잡으려 해도 닿을 수 없고
머물려 해도 지킬 수 없는

정녕 그 길을 가려 하는가
그리움만 남겨 두고서

소슬 향기 번지는
생량머리 초입으로

바람이 불어오네
가을이 오고 있네

일상에서 철학 하기 / 김영환

철학이 나무라면 삶 속에 깊이
뿌리내린 것이어야 한다

낯선 이방인의 시선으로
익숙한 세계를 깊숙이 들여다보라

존재와 의식 보이지 않는 것으로
보이는 만가지 사바세계를 보되
아무도 알 수도 볼 수도 없다

현실과 동떨어진 낯선 시선이
아니면 진정한 철학이 아니다

부단한 자기부정으로 세상과 독대한
존재의 외로운 홀로서기가 아니면
자기 합리화의 이데올로기일 뿐이다

철학이 나무라면 타는 목마름으로
내 삶 깊은 곳에서 온 힘으로 길어올린
즐거운 불편 거리가 되어야 한다

철학은 현실에 무용할 뿐이나
차 안의 불편함으로 피안의 즐거움을 보는
존재와 의식의 깨어있는 기쁨이다

새 별아 / 김영환

너는 꽃이야 너는 별이야
인연의 꽃 피우려 은하수를 건너온

낯선 첫걸음의 설렘이
큰 용기가 어여쁘다

반갑다 새별아 아가야
우리별이라니 기쁘다

억겁 쌓은 빗장 풀어
마침내 맺은 동방성배

첫 밤의 두근거림으로
아침마다 새날을 열고

가슴 벅찬 설렘 안고
빛나는 세상을 향해
별 보다 눈부시게 꽃보다 아름답게

새별아 아가야 눈부신 네 삶의 꽃길을
사뿐사뿐 걸어서 어여쁜 꽃을 활짝 피워라

시인 김윤곤

목차

프로필

아호 : 고니
경상북도 청도 풍각 출생
서울 노원구 상계동 거주
대한문학세계 시 부문 등단
(사)창작문학예술인협의회 회원
대한문인협회 서울지회 홍보국장

시작 노트

생각이 꿈을 꾸고 있을 때
무언가를 많이 그리워할 때
심장이 할딱이며 뜀을 뛸 때
세상도 시인도 살아있습니다

행복의 섬으로 / 김윤곤

노를 저어라
멀고 먼 지평선 끝으로
우리의 이상과 사랑의 낙원으로

지치다 지친 육체를 끌고서
험난한 산맥을 넘고
아름다운 송림을 지나서

세상의 번뇌를 멀리하고
지금 여기
우리 한 알의 보리수가
영험을 만나서 얻는
안락의 해탈을 위해
노를 젓자꾸나

하아얀 파도가 물결치며 일렁이는
노오란 모래밭의 끝없는 행진이 있는
갈매기가 끼륵 끼륵 울음 울며
평화로운 날갯짓하는 그곳으로
힘차게 노를 젓자꾸나

우리 행복의 섬으로

홀로서기 / 김윤곤

떠도는 별은 유성이 되어
뜨거움을 사르다 사르다
외로움에 못내 겨워 처박히고

은은히 타오르는 촛불은
서러움에 지쳐 눈물을 흘리고
멈추려 하면 굳어져 버린다

몽글이 피어나는 연기는
아쉬움을 이기지 못해
서려하면 밀어내고
방울지려 하면 흩어져 버린다

홀로이 서려하는 이는
밑바닥에서 차오르는
슬픈 고독을,
가슴에 기대
하늘을 바라본다.

어디에 서 있는가 / 김윤곤

마른 장작은 잘도 타올라
앵두빛 노을 속에 어둠을 더하고
발그레한 네 얼굴은 시름을 이어간다

손을 흔드는 세상의 막바지에서
흔들리 우는 하늘 속의
영롱한 이슬을 품은 검은 염주의 성수

번뇌는 언제나 아득하고
아득한 염원은 하늘의 별이 되어
춥디 추운 대지는 갈라지는구나

포근함이여
메마른 콩팥의 팔려감이
깊은 골짜기 한 줌의 천상초로다
비슬산 정기가 가물가물하고
방가수 영혼의 울부짖음이 들리는 듯하구나

떠난 자는 말이 없고
나루터의 배는 주인을 기다리는데
임은 언제나 돌아올까

우환,
사람이 불쌍한 것은 우환이 많음이로구나!

어머니의 삶 / 김윤곤

찢어지며 울음 참는
악다문 입술마다
조금만 조금만...
마치 불로 지져대는 듯...

아픔을 참지 못함이련가
흐려지는 눈동자엔
방울방울의 눈물이...

몸은 떠나오고서도
차마 심장은 가져오지 못했습니다
표정 없는 가녀린 몸뚱어리는
아직 떨고 있음입니다

수십으로 타오르는 불의 덩어리인지
수백으로 담기는 물 같음인지
작은 초 하나가 타다가 재가 될 때

타원의 불꽃과 뜨거움이
여명의 파람에 배여 물들 때
가만히 접습니다.

시인 김은실

🌸 목차

🌸 프로필

대한문학세계 시 부문 등단 (2018)
(사)창작문학예술인협의회 회원
대한문인협회 서울지회 정회원

🌸 시작 노트

시는 내 안의 노래였으며
힘든 삶 속의 위로였으며
파도치는 현장 속에서도 깊음을 알려주는 선생님이었습니다

때로는 달 속에서
때로는 꽃 속에서

무너질 것 같은 삶의 위태로운 순간에도
비처럼
음악처럼
커피처럼 조용히 다가오는

내 안의 조용한 두드림
부족한 작품을 들꽃처럼 동인지에 담을 수 있음이 큰 행복입니다.

달빛 생각 / 김은실

달빛은 미풍에 실려
그대 가슴에 안겼어도
못내 뿌루퉁한 바람결이란 걸 아는지라
그 달빛을 가린 구름은 머쓱할 뿐이었다

죽고 못 산다던 사랑이 그랬고
너 아니면 안 된다는 우정의 의미가
한순간의 파편이었다

달빛은
그저
햇빛에 가려지기 전
마지막 발악이었는지 모른다

어쩌면
그게 인생의 인연이었고
해와 달빛의 애달픈 아리아였다.

사랑 / 김은실

찰나에 꽂혔다

새벽 산길에서
세상을 보다가 눈에 와 닿은
장미를 키웠다

꽃잎 다 떨어내고
가시로 심장의 피를 솟구치게 했다

피가 굳기 전에
시계 소리가 부른 노래처럼
내 안의 그대 속살이 스멀거리더니

한 무더기 무게를 싣지 않고서도
거미줄에 미끄러진 날개로
파닥거리게 했었다

내 숨 가쁨은
비로소 충분해진 그대 사랑 앞에
무너져버린다

그 해산 길엔 / 김은실

동네 산 너머 면사무소보다도
더 큰 초등학교 등굣길에
6학년 오빠가 소나무 동산으로
동생들을 땡땡이 시켰다

패전한 왜적들이 보물 묻어놨다면서
일부러 풀숲을 뒤지다가
헉 뼈다, 해골이다

독수리에 놀란 미어캣처럼
떼구루루 구르고 엎어지다가
코피를 막는 진달래꽃잎

첫 느낌이었다

아, 오동도 동백섬 넘어
성당으로 통하는 해산 길엔
올해도 진달래 피웠겠지

그 기억이나 할까

작은 정원에서 / 김은실

어릴 때 불렀던 동요
“감자에 싹이 나서 이파리에 감자 감자씨”가
문득 생각나서

처음으로 심어본 감자는
어느 날 감탄사가 나올 만큼
예쁜 꽃을 피워냈다

감자꽃은 따줘야 실하게 여문다고
친정엄마가 일러주길래
대견하게 핀 꽃을
‘잘 가’라며 따줬더니

계절이 지나자
올망졸망한 새끼들처럼 줄지어 나왔다

뿌리 식물이지만
다 주고 떠난 씨감자처럼
훌쩍 떠나신 엄마가 보고 싶다.

시인 김정희

❀ 목차

❀ 프로필

대한문학세계 시 부문 등단
(사)창작문학예술인협의회 이사
대한문인협회 서울지회장 역임
대한문인협회 정회원
대한예술인금상 수상

❀ 시작 노트

갈바람 따라 해 저무는 스산함도
오늘은 서글퍼지지 않습니다

눈 감으면
바람결에 눈 감으면 나직하게 들려오는 그대 음성에
입가엔 배시시 웃음 머물고

마주하지 않아도 손잡은 듯
가슴 벅차오르는

나는
늦가을에 홀로 핀 들꽃입니다.

사랑은 신기루 인가 / 김정희

시절도 모르고 피어난 노란 개나리꽃
찬 바람에 흔들리는 네 모습 애잔하여라

한겨울 창가로 스민 따사로운 햇살에
뒷산 진달래 멍울에 붉은빛 들었을까
봄을 기다리는 내 맘 같구나

아지랑이 따라 맨발로 나선 길
섣부른 봄 마중에 시린 것이
어디 언 발뿐이랴

마음 둘 곳 없어 뼛속까지 가슴 시리니

아
이를 어쩌나
텅 빈 마음에 고뿔 들겠네.

인연 / 김정희

원하는 것을 얻기 위해 포기해야 하는
질량의 차이와 가치를 따진다면
정녕 간절히 원하는 것은 아닐 거야

그림 한 점을 갖기 위해 많은 값을 치르듯
너를 위해 마지막 남은 꿈마저 놓을 수 있다면
내 생애 가장 소중한 선물이었던 거야

너와 함께하기 위해
자유분방함과 나만의 여유를 버릴 수 있다면
그건 아마도 사랑인 거야

남은 삶을 걸고 사랑을 선택한다면
정녕
피할 수 없는 운명이었던 거야

난 지금 아직도 알 수 없는 너를 향해
저만치 앞서 달아난 마음의 실타래를 거꾸로 감으며
숙명처럼 다가가고 있다고 말하고 있는 거야.

나를 찾아서 / 김정희

사금파리로 부서져 간 시간 위를
맨발로 걸었다

찢긴 발바닥보다 먼저
시린 가슴에서 피가 흘러도
거부할 수 없는 운명 앞에
순응하며 웃어야 했다

눈물 밴 낡은 노트의 무게만큼
인생의 고뇌를 쓸어 담고
웃고 울던 사랑과 이별이 남긴 상흔으로
가슴에는 옹이진 석화도 피었다

냉정의 잣대를 품고 살지만
정과 눈물도 많은 여자
나를 찾아가는 삶의 여정에
또 다른 내가 마주 보며 웃고 서 있다.

홍시 / 김정희

떫은 감이 서서히 말랑하게 익어가듯
너와의 어설픈 그리움도
홍조 띠며 달달하게 익어가면 좋겠다

끝없이 펼쳐진 짙푸른 하늘 아래
가지 끝에 매달린 홍시가
내 삶에 가을로 찾아온 인연인가

주홍빛으로 젖어 드는 수줍은 마음
틈을 주지 않으려 해도 흔들리는 여심에
그대는 성큼 한 계절 다가서 있구나

시인 김종태

목차

프로필

대한문인협회 정회원
(사)창작문학예술인협의회 회원
대한문인협회 서울지회 사무국장
문예창작지도자 자격 취득
2024년 신춘문학상 은상 수상
2024년 향토문학상 대상 수상
국민복지네트워크/삼성소방기술 대표
중부대학교 대학원 사회복지학 박사
동인지 『꽃씨 한 톨』, 『들꽃처럼』, 『가자 詩 가꾸러』

시작 노트

말로 다 표현할 수 없는 그 깊이를 끌어올리고
시간 속에 잃어버린 순간들을 되살리며

끊임없이 새로 태어나는 삶의 여정이 되길 바랍니다

목련의 독백 / 김종태

바람의 속삭임이 언덕을 넘어와
날개 아래 숨겨진 꿈의 향기로 스며든다
반개한 꽃잎의 비밀스러운 속삭임에
자리마다 벌어진 춤사위는 꽃의 언어로 변모한다

태양이 비치는 길을 따라
빛에 놀란 꽃은 자신만의 빛을 부풀려
어둠마저 밝히는 존재가 되어
온 세상을 따스한 포옹으로 물들인다

매 발걸음에 새 문이 열리고
우리의 노래는 그 공간을 채우며
함께 걷는 길에서 꿈은
마치 봄의 첫 꽃처럼 피어난다

시간의 물결 속에서 우리는 하나가 되어
노래가 우리를 이끌며
함께 나아가는 길에서
새로운 시작이 우리를 포근히 감싼다

두물머리 / 김종태

물안개 속 속삭이는 새벽
두 물이 만나 과거와 현재를 잇는다

사백 년의 기억을 품은 느티나무
시간의 흐름 속 깊이 뿌리내리고
시간이 새긴 상처 위로 손을 얹는다

옛 나루터에 수양버들 잎 몇 조각
바람이 불면
물주름은 햇살 속에서 은빛으로 춤추고

찰랑이는 물소리
그 속에 남은 내 사랑의 흔적
바람을 타고 세월을 넘어 멀리 흐른다

초의 흔적 / 김종태

허물을 벗으며
질곡의 세월 눈물로 흘러내리며
서로의 상처 보듬고 사랑 쌓아가며
정신까지 혼미해 와도
주위를 위해 몸을 아끼지 않는다

부끄러움 하나 없이 온몸으로
응어리를 씻어 내며
상처를 긁어 빛을 낸다

낮아지고 낮아진 그때
지난 삶 돌아보며
사그라지는 실오라기 하나에서
허무를 깨닫는다

마지막까지 태워버리고
흘러내릴 눈물도 없다
그저 흔적만 남아 있다

하늘로 가는 길 / 김종태

구름은 우리의 삶을 잠시 덮었지만
사랑은 그 구름을 헤치고 별을 찾아냈고
이별의 공항에서 흘린 눈물은
비처럼 내려 스며 다시 만나게 했다

타국의 사막은 우리의 발걸음을 무겁게 했으나
그 모래 속에 희망의 씨앗을 심었고
떨어져 있던 시간은 그리움이었지만
우리 마음에 뿌리를 내려 단단해졌다

불길 속에서 우리는 새롭게 태어났으며
그 뜨거운 온도는 우리를 단련시켰다
두 번째 삶은 활화산처럼 시작되어
새로운 가족을 여섯으로 늘렸다

이제 노을빛이 우리의 여정을 물들이고
우리는 모든 짐을 내려놓으며
손을 맞잡고 영원의 날개를 펼치는
그날을 기다리며 살고 있다

매일 하늘로 가는 길을 그리며

시인 김혜정

목차

프로필

대한문학세계 시 부문 등단
(사)창작문학예술인협의회 부이사장
대한문인협회 서울지회 지회장
문예창작지도자 자격 취득, 시낭송가 인증서 취득
대한창작문예대학 지도 교수

제3회 미당 서정주 시회문학상
한국문학비평가협회 문학상
한국문학 특별공로상
대한창작문예대학 졸업 작품 경연대회 대상
대한민국문학예술 대상
한국문화 예술인 대상
한국문학 문학대상 외 다수

〈저서〉
제1시집 "어떤 모퉁이를 돌다" (2009년)
제2시집 "먼, 그래서 더 먼" (2015년)
제3시집 "돌아보는 시선 끝에는" (2019년)

〈공저〉
명인명시 특선시인선 외 다수
대한창작문예대학 제6기 졸업 작품집
동반의 여정, 명인명시 특선시인선
동인지 들꽃처럼 1,2,3,4 외 다수

친구 / 김혜정

고향 어귀 들어서면
새록새록 풋풋한 정으로
떠오르는 그리운 얼굴

세월 흐름 속에서도
잊히지 않고
더욱 생생한 추억의 빛으로
여울져 미소 짓는 모습

빛바랜 담장마다 어린 날
숨바꼭질하던 살가운 정들이
우리 살아온 세월의 삶만큼
손때 묻은 채 그리움으로 남아 있다

언제 불러도
정겨움으로 다가오고
세월 지난 먼 훗날에도
따뜻한 가슴으로 보듬어
추억할 수 있는
소박하고 그리운 이름이다

중년이란 꼬리표 /김혜정

짙은 회색빛 콘크리트 벽이
사방을 감싸듯 암울한 눈으로
나를 휘어 감는다

차가운 형광등 불빛이
어둠에 묻혀갈 때
눈꺼풀도 무겁게 내려앉고
사람들의 분주한 발걸음에도
기운을 잃은 듯 헤매는 모습에
쓸쓸함이 묻어 있다

꾸벅꾸벅 흔들리는 불빛에
마음 흐트러질까 구부린 무릎에
얼굴을 묻고 창밖을 바라본다
어디선가 들려오는 풀벌레들의 연주가
메마른 내 영혼을 깨운다

속절없이 방황하던 마음
풀벌레들의 산뜻하고 싱싱한
시간의 숨소리를 들으며
중년이란 꼬리표를 달고 살아가는
삶의 길 위에 멋진 연주를 할 수 있도록
오늘을 사는 나에게 기쁨을 준다

고독 / 김혜정

그리움 하늘빛으로
떨어지는 언덕
바람꽃으로 누워 있는
슬픈 시절 속에
나는
한 잔의 술을 들고
에메랄드빛 고독을
털어내고 있다

별 하나 / 김혜정

푸른빛 청청한 하늘 위
초승달 그리움이
은하수 끝에 앉아 졸고 있다

채워도 늘 부족한
하늘의 그리움은
밤마다 별이 되어 피어나는가

만월에 넘쳤던 사랑
비워짐이 서러워
빈 가슴으로 하늘 향해 서면
희망의 빛으로 등불 켠 별 하나
하얀 달 속에 큰 사랑으로 차오를까

시인 문익호

목차

프로필

서울 강동구 거주
한양대 공대 섬유공학과 졸업
방송대 국어국문학과 졸업
방송대 문화교양학과 졸업
대한문인협회 정회원

〈저서〉
시집 "이·제·는"2018년
동인지 다수

시작 노트

조금은 품격 있는 인생을 향해서
쉬지 않고 달려왔는데
문득
태풍처럼 지나가는 세월 풍파에 갇혀
제자리에서 비틀거리는 나를 본다.

하루 종일 TV 뉴스는
세월 풍파 난장판의 들쥐 떼싸움을 이야기한다.
난지도 억새풀 일렁이는
맑은 하늘을 이제는 보고 싶다.

이름 모를 들꽃 / 문익호

사실
나도 이름 있는 들꽃
다만
너도 내 이름 모를 뿐

괜찮아

맑은 햇살
산들바람
풀벌레와 친구 하는
나름 꽃다운 청춘이라네.

네가 좋은 이유 / 문익호

이제는
40도에서 펄펄 끓는 사람들
모든 것이 큰일인 사람들,
마주하기 지친다.

이제는
편안한 사람들이 좋다.
긴장 안 해도 되고
지금 나누고 있는 말
기억 안 해도 뒤탈 없는
그런 편안한 사람들이 좋다.

그래서
나는 네가 참 좋아.

짧은 영화 구경 / 문익호

젊음이 가득할 때는
오늘 내일을 오르내리며 살았는데,
한 세상 살고 나니
이제는 점점 어제 오늘을 오락가락하며 산다.

햇볕 좋은 산기슭에
무리 지어 피어 있는 풀꽃 같은 추억들이
이 세상 곳곳에 소담스럽게 피어있다.

풀꽃 한 송이를 바라보면
향기로운 눈길을 보내듯
추억꽃 한 송이를 바라보면
그리운 동영상을 보여준다.

잠깐 사이에
짧은 영화 구경을 또 했나 보다.

소쩍새 우는 숲속 / 문익호

달도 없는 숲속
소쩍소쩍 끊임없고
계곡 물소리 가득하다.

소쩍새 품은 사연
얼마나 쩍 쩍 갈라졌으면
저렇게 밤새워 홀로 울고 있을까.

위로하고 싶은 마음 따라가 보니

한 마리 소쩍새가
내 가슴에서도 울고 있다.

시인 박광현

❀ 목차

❀ 프로필

대한문학세계 시 부문 등단
(사)창작문학예술인협의회 회원
대한문인협회 정회원

❀ 시작 노트

폭염 열대야
자연의 힘에 무기력하게
한 여름을 보냈습니다
서늘한 바람이 가슴을 스쳐 지나가는
가을
한 페이지 두 페이지 독서량을 늘리는
가을을 만들어 보려 합니다

커피 같은 사랑을 / 박광현

때로는 아메리카노 커피처럼
쌉싸름하게

때로는 에스프레소 커피 속
크림처럼 달콤하게

때로는 카푸치노 커피잔 속
거품처럼 가득 넘치게

때로는 카페라테 커피같이
부드럽게...

이런 사랑하세요

너무 길어 / 박광현

여름 어느 날
갓밝이가 새벽을 열면
여름의 긴 하루는 시작이 되지

어느 순간에 내릴지 모를 비 때문에
챙긴 우산은 오지 않은 비로 인해
우산과의 인연도 끝이 나고

한낮 더위에 지친 몸
더위 식혀 줄 저녁을 기다리지만
거북이 해님은 아직도 하늘 중천에

나는
비 오듯 흐르는 땀을 식히려
길 옆 가로수 그늘로 몸을 숨긴다

하얀 달 / 박광현

성미 급한 너
밤까지 기다리기는
너무 힘들었나 보다

파란 하늘에
구름까지 떠 있는
한낮에 얼굴 내민 걸 보니

기다림에 지쳐
핏기 없는 하얀 얼굴로
파란 하늘을 지키고 있어 많이 외롭겠다

인연 / 박광현

열어 놓은 창문으로 들어온 파리가
떡 하니 안방 천장에
마치 제 방인 양 앉아 있다

날지 않으니 날갯짓 소리도 없고
서로 귀찮게 하지 않으니
이것도 인연이다 생각하고

그냥
파리와 동거하기로 했다

시인 박목철

❀ 목차

❀ 프로필

한국전력기술(주) 주임기술원(부장)
전 대한문학세계 기자
현 대한문인협회 감사
〈수상〉
2014년 순우리말 짓기 공모전 대상 수상 외
한국문학 예술인 대상
한국문화 예술인 대상 수상

〈저서〉
시집 "세월에 실린 나그네"
수필집 "물소리 바람 소리"

❀ 시작노트

코로나의 시련을 극복하고 꿋꿋이 문단을 지켜온 여러 문우님이 자랑스럽다.
서울지회에서 동인지를 낸다 하니 이 또한 경사가 아닐 수 없다.
개인적으로는 작품 활동을 멈춘 채 막내 손주에 빠져 있다 보니 막상 낼 작품이 마땅치 않아 난감했다. 추수 끝낸 밭을 기웃거리듯 몇 편을 추려 보았다.
세월에 바래면 모든 게 흐릿해 지나 보다. 읽으실 분의 양해를 부탁드린다.

가마우지 / 박목철

여행길에
가마우지 사냥을 보았다.
목에 묶인 줄이 조여
잡은 고기 삼키지도 못하는데
주인을 위해
연신 힘겨운 자맥질을 했다.

잡아 바친 상납이 얼마인데
보상은 달랑, 작은 물고기 두 마리
감지덕지 하늘을 향해
입을 벌리며
밤하늘 반짝이는 별은 보았을까?

열심히 살았는데
앞만 보고 뛰었는데
펴보니 빈 손바닥
가마우지 자맥질이 낯설지 않다.

입학식 / 박목철

입학식 끝나고
다들 선생님 따라 교실로 가는데
겁먹은 얼굴로
할배 손을 꼬옥, 놓지 않았다.
"교실에 가야 해"
등을 밀자
"할아버지 가지 마, 대한이 무서워"
문득 가슴이 아려왔다
무릎에만 안던 아이가
몇 시간을 딱딱한 의자에 앉아
강제된 질서에 적응하려니
얼마나 힘들까?
그것도 16년 이상이나,
아!

귀신을 보았다 / 박목철

제가 죽은 것은 모르면
살던 삶의 언저리에서
애증의 끈에 놓지 못해 서성이고
이를 일컬어 귀신이라 한다.

엉겅퀴 꽃망울이 몸에 좋다기에
한 움큼 따 양지 녘에 두었다.
며칠 후보니
꽃망울이 활짝, 솜털 씨앗이 풍성하다.
댕강 잘라 분명히 죽었는데,
죽은 걸 모르다니, 후손을 걱정하다니,
엉겅퀴 귀신이다.

태어남이 고행苦行이요
삶이 고통苦痛이라 했는데
무에 인연因緣의 끈이 대단하다고
혼비백산魂飛魄散, 묵은 옷 훌훌 벗듯 떠나지 못하고,

바람 좋은 날 꽃씨를 날렸다.
가슴이 시렸다.
윤회의 끈을 놓지 못한 집착이 아팠다.

좋아서 웃었다 / 박목철

일본 여행에서 돌아와
짐도 안 끄르고 소주를 마셨다.
곰삭은 김치 안주 삼아
개구리 소리가 요란하다.
개굴! 개굴!

착한 백성이 기우제 올리셨나 보다
비도 내리고 있으니,
자연의 화음, 내 땅의 소리,
개굴개굴 주룩주룩
정겹다.

일본 술이 좋다지만
개구리는 개구르 개구르 했겠지
비는 주릇 주릇 내렸을 테고
허허 웃었다.
우리 땅이 너무 좋아서,

시인 박상종

목차

프로필

대한문학세계 시 부문 등단
대한문인협회 서울지회 정회원
어울림 2 참여
2022 대한민국 명시인전 참여
소설 [솔개는 비상을 꿈꾼다] 저자

시작 노트

뒤뜰에 심어놓은 작은 꽃 씨 하나
시간이 흐르고 어느덧 기억 저편에 사라진 채로
담장 없는 감옥에서 행복을 찾으려다 항상
올가미에 갇혀 숨을 쉬고, 버티는 순간이라는 것을
알아챘을 때는 이미 늦어버려 숨이 차고 고통이 찾아오고 나서야
문득 잃어버린 작은 꽃 씨 하나, 어렴풋이 기억에서 끄집어 내어
헤집고 들어가 보니 진정 웃음꽃은 그 길로 통하고 있었다.

비분(非分) / 박상종

걷노라면 따사로운 햇살이
마음을 멀리까지 비출까
가는 곳마다 시선 둘 곳 없고

어울림이 낯설어 발길을
재촉하지 못함에 홀로
가는 길을 택하는 건 아닌지

한없이 작아짐으로
다시 초야로 돌아갈지언정
어깨에 짊어진 짐들을 내려놓고 잠시 쉬어 가도 좋으련만

행여 따라오는 객들이 짓밟고 오를까
초심을 잃고 헤매이련가
밟힐까 두려워할 것이 아니라

흔들릴 때면 하늘을 보고
별을 보아 서서히 가더라도
초심을 잃지 않고

가는 길이 그 길임을
아는지 모르는지
흐트러지지 않는 소나무처럼

돌꽃 / 박상종

돌에도 꽃이 피움이
갈라진 돌 틈 사이로
물길이 생기고

그 사이사이 비는 쏟아져 내리고
어디서 흘러오는지
흙이 고이고 영양을 채워 수풀은 자라나고

이름 모를 너는 왜 거기까지 흘러갔는지
말이 없는 돌은 갈라진 상처도 깊은데
그 상처는 텃밭이 되어 주고

진정 피어난 꽃은 경이로운가, 행복한가, 아님 상처인가!
이름 모를 상처를 안아주는
너는 돌 꽃에 주인인가

깊이 헤아리지 못하는
외로운 썰물이 되어
아프구나!

억새밭에 비바람이 찾아와 / 박상종

벼에 이삭을 닮는 듯, 갈대에 꿈을 넘어선 듯
온순한 순정에서 치밀어 오르는
순간이 있어 날을 세우는 듯

마냥 고개를 숙이는 갈대가 싫어 날을 세워
가장 어둡고 적막한 고요함이 올 때
톱날을 세워 거친 비바람과 맞서 싸우고 있는

바람이 불고 비가 몰아쳐도 순순히 갈고리를 세워
바람을 피하고 빗물을 쓸어내리듯
아무렇지 않게 이겨내는 순간에도
비바람이 찾아와도 쓰러지지 않아 숭고한 삶이 뭉개지고
다쳤을 듯.

지나가는 행인에 옷자락에 상처를 내고
쓰린 마음을 전해 고통을 같이 나누려 말을 건네듯
하소연하는 것 같아

같은 마음이어라 너의 상처는 곧
모든 이에 상처임을.
알아 주려 하여도 내 손을 떠난 이미 떠난 그 자리에

그래도 미련을 버리지 못하고
시원한 바람이 불어올 때
조그마한 발버둥을 하소연하듯, 손등에 상처를 내고

쓰리고 지난 길을 행인은 한 번쯤
뒤돌아보며 한참을 바라본다

은빛 호수 / 박상종

실구름 희미한 추억에 끈을 매달고
뭉게구름 기다릴까
마냥 언덕에 앉아

유리빛 달 그림자 드리우는 호수를 바라보며
실바람 불면 참빗 쓸리듯 스스럼없이 강물을 쓸고
내려가는 잔잔한 미소를 강가에 띄운다

어둑한 한 노을에도
달빛 잠기어 물고기 헤엄치고
맑은 수놓은 듯한

마음속 그리움이 해맑게
가슴을 타고 흘러가는
강둑에 나와

먼 산 바라보듯 마실 나와
향긋한 물내음을 맡으며
너럭바위에 걸터앉아 은빛 물결 바라본다

뭉게구름 바람이 몰고 와
강물에 비추일 때
츠렁바위 숨은 듯 보일까 하고

자세히 보아야 설 곳, 아니 설 곳이 보여
은빛 반짝이는 속내에 흰빛은
사심에 정점이구나

시인 박진표

목차

프로필

서울 거주
대한문학세계 시 부문 등단
(사)창작문학예술인협의회 회원
대한문인협회 서울지회 정회원
(전)대한문인협회 서울지회 감사

시작 노트

물처럼 흐르며 살자
삶은 이토록
가슴 시리게 아름다운 것일까
꽃잎 타고 삶을 여행하는
나는 향기 나는 바람의 시

소금꽃 / 박진표

하루의 땀방울
꽃으로 피었네

오늘의 삶
하얀 꽃으로 피어
너 열심히 노래했구나

파랗게 멍든
그 하늘 아래서
정직하게 땀 흘려
소리 없이 웃는 꽃

강렬한 태양 아래
뜨겁게 피어 웃는 너
오늘 피었다
오늘 죽는 꽃
울 아버지 닮은 꽃

가끔은 별들도 숨어서 운다 / 박진표

하늘의 별들도
가끔은
가슴으로 내려와
숨어서 운다

미워할 수 없는
우리 사는
이 아름다운 세상

꽃들의 노래 들으며
아픈 희망을 안고
뜨거운 눈물도 만나
마음의 별을 닦는다

별빛 고운 그대
내 소중한 사람아
너의 마음에서
생명의 빛을 본다

하늘의 별들도
가끔은
가슴으로 내려와
숨어서 운다

오늘 참 이쁘다 / 박진표

나에게
착하게 찾아와 준 오늘
세상이 들려주는
신비로운 이야기 들으며
한 땀 한 땀 희망을 엮어
예쁜 행복의 옷 만들지

새들의 재잘거림
꽃들의 향기 품어
고단한 하루를 달래고
그대 지치고 아플 때
행복했던 오늘을 기억하라

말 못 하는 눈물이
가슴에서 소리 없이 울고
깊은 저 강물은
오늘도 고요히 흐른다

오늘 축제의 무대에서
당신 사랑하는 이들과
그리운 추억이 될
오늘을 함께 노래하여라
가슴 시린 오늘을 뜨겁게 사랑하자

들리시나요?
예쁜 오늘이 들려주는 행복한 휘파람 소리

그렇게 살며 어른이 되는 거야 / 박진표

바람이 부는 건
잊어야만 하기에
말없이 떠나라 하는 것

파도가 우는 건
하얗게 부서져
아픈 마음 놓아주라 하는 것

젖어있는 마음 말려
햇살 한 아름 안고
축복의 내일을 만든다

멋 내지 않는 그런 삶으로
사람 냄새 풍기며 가장 인간적으로
한 세상 신명 나게
노래도 하며 그림도 그리는 거야

시인 백승운

❀ 목차

❀ 프로필

대한문학세계 시 부문 등단
(사)창작문학예술인협의회 회원
대한문인협회 행정국장
한국문예 작가회 감사
시와창작 사무총장
2019년 서울지하철 승강장 안전문 게시용 "이팝나무"시 당선
2019년 올해의 시인상 수상
2020 ~ 2024년 명인명시 특선시인선 선정
2021년 서울지하철 승강장 안전문 게시용 "지게"시 당선
2023년 한국문학 베스트셀러 작가상 수상

〈저서〉
시집 "가슴을 열고 심장을 훔치다"(2023)

❀ 시작 노트

가을이 빗소리처럼 풀벌레의 울음소리로 깊어져 가고
붉게 물들어가는 홍시들이 서로 닮아가는 달콤한 향기에 빠져
순결하고 맑은 영혼으로 서로에게 축원 같은 혼불 밝혀
행복을 기원하는 아름다운 세상에서 살아가는 재미로
오늘도 그렇게 하루가 지나가고 있습니다.

우린 점점 닮아가면 좋겠습니다 / 백승운

우린 점점 닮아가면
좋겠습니다

함께 가고
같은 곳을 보면서 나아가며

간섭이 아닌 관심으로
소유가 아닌 편안함으로

족쇄가 아닌 자유와
억압이 아닌 사랑으로

그렇게 많은 부분 닮고
하나하나 알아가며

보듬고 아껴주며
사랑을 다해 사랑하며

거울같이 서로 닮아가면
좋겠습니다.

당신의 향기 / 백승운

장미꽃밭에서
이국적이고 매혹적인
향기에 매료되어
두리번두리번

지천으로
피어있는 장미꽃들이
사랑한다고 활짝 피어
줄지어 윙크를 하지만

가슴을 열지 못한 향기들은
바람에 실려 떠나가고
눈을 감고 가슴을 열어보니
웃음이 먼저 마중 가는

아! 당신의 모습
당신의 향기였군요
내 가슴에 담겨있는 당신
세상에 오직 하나뿐인 당신의 향기.

연꽃에게 / 백승운

비우고 비워
집착을 버리고

답답한 육신의
고통 참고 참아야

인연이란
우담바라꽃을 피우는 것

진흙밭에 놓였다
아쉬워하고 서운해 마라

어디에 있는 것이
중요한 게 아니란 걸 알잖아

강함보다 부드럽고
화려함보다 단아함으로

네가 피워낼 향기
그 소중함이면 족하리.

반딧불이 / 백승운

눈 감은 어둠이
은하수를 품고 누운 밤

세상의 모든 기억
이슬에 씻기우고

영혼의 아름다움
하늘로 보내나니

빛나는 혼불
가슴앓이로 남겨져

새로운 인연으로
훨훨 날아 별이 되었다.

시인 서석노

❀ 목차

❀ 프로필

서울 마포구 서교동 거주
대한문학세계 시 부문 등단 (2021)
대한문학세계 수필 부문 등단 (2023)
(사)창작문학예술인협의회 회원
대한문인협회 서울지회 정회원
2021, 2024년 짧은 시 짓기 전국공모전 동상
2021, 2022, 2023년 특선시인선 공저
2022년 서울시 향토문학상 수상
2024년 문예창작지도자 자격 취득

무인도 / 서석노

일상은 시계같이
한 번도 어기지 않고 흐르며
반복해서 나를 깨워 하루를 엮는다

삶에 부대끼고 나 혼자될 때
고요한 침묵이 흐르고
잠시 시간이 멎은 듯한
내 동굴은 말없이 나를 맞아 준다

그곳만 무인도로 알았는데
여기도 무인도, 낮에도 밤에도 무인도
갈매기도 외로워 날지 않는 섬

작은 외딴섬에 홀로 서서
푸르른 창공과 수평선 만나는 점
나는 홀로 그곳에 서 있다
어제도 오늘도 아마 내일도

역마살 / 서석노

아이 때부터 걸음마 하자마자
잠시도 못 참고 나대더니
호기심에 멀리 더 멀리 가보다가
길 잃고 부모님 속 끓였지

열여섯부터 자취생활로 객지 나가더니
직업도 이곳저곳 전국 방방곡곡 떠돌이
가정 가져도 처자식과 이별 아닌 이별

주름살 생기고 흰머리 희끗거리더니
새벽잠 사라진 노년의 시작
전생에 나라를 세 번이나 구한
아내의 배웅 받으며
무심히 어딘가로 떠나는
역마살 두 개나 짊어진 떠돌이 인생

밤꽃 / 서석노

유월의 정념 가슴에 와닿고
흐드러진 녹색 비단 폭에
뽀얀 쌀가루 곱게 수놓았다

햇살의 애무에 꽃술 펼치고
별빛 흐르는 밤 기다리다가
숨긴 속내 뜨겁게 내뿜으니
향기에 취한 뻐꾹새 밤잠 설치고
이산 저산 임 찾아 뻐꾹뻐꾹

심연에 숨겨진 욕망은
누를 수 없는 열정으로 피어나고
목마른 사랑의 갈망으로
밤꽃 향기에 묻혀 뒤척인다.

고향 역 / 서석노

산굽이 끝나는 작은 마을
외로이 서 있는 오래된 기차역

장 보따리 이고 진 장꾼들
먼 길 떠나는 말쑥한 차림의 손님과
교복 단정한 통학생들 바쁘게 드나들고
왁자지껄 주고받는 귀에 익은 사투리
기적 울리며 열차 들어서면
내리고 타던 정겹던 고향 역

때마다 복사꽃 해바라기 코스모스 피건만
이제는 홀로 고향 지키는 기차역
텅 빈 대합실과 녹슨 선로 위에
떠나고 찾는 이는 간 데 없고
애잔한 그리움만 흐른다

시인 성경자

프로필
대한문학세계 시 부문 등단
대한창작문예대학 8기 졸업
(사)창작문학예술인협의회 감사

〈저서〉
시집 “삶을 그리다”

흩어지는 바람이길 / 성경자

바람개비 돌 듯
부드럽게 때로는 매서운 바람이
건물 사이 어둠 되어 버석거리고
깜박이던 불빛도 그렇게 저물어 간다

헐벗은 추억 위로 솟아오른 태양
뜨거운 가슴으로 품으며
한해의 꿈을 심는다

한 움큼의 희망은
설렘이며 꽃이어서 열매 맺을 때
요동치는 심장 소리는 꿈을 키운다

너와 나의 소박한 바람이
가끔 허물어진 시간 속에 갇힌다 해도
약해지진 않을 것이다

지나던 바람이 겨울 갈대를 흔들면
겨울은 문설주를 잡고
희망을 열어 봄을 맞이할 것이다.

꿈과 현실 사이 홀로서기 / 성경자

외롭게 떠 있던 별이 지면
어둠은 그 자리를 짙게 물들이고
끝이 보이지 않는 자신과 싸움은
꿈속에서도 나를 닮은 내가 보인다.

스스로 쳐놓은 장벽이 높아질수록
나오기 위해 허우적대며 몸부림을 치고
내면에 깊이 숨어있는 자유와 용기를
하나씩 꺼내어 자아 성찰한다.

손바닥을 뒤집듯 달라지는 나날들
천사와 악마의 싸움은 이어지고
사람들의 두 마음이 전개되는 삶 속에도
그대로인 모습에 감사한 마음을 가져본다.

이제는 바람에 밀려다니는 삶이 아닌
당당한 모습으로 하나씩 만들어나가고
이루고 싶던 꿈은 현실이 되어 갈수록
홀로서기를 위해 오늘도 도약한다.

시간 위에 삶을 그리다 / 성경자

아직 어둠이 걷히지 않은 새벽
나에게 또 하나의 길이 열리면
부딪히고 멍들어야 할 길에
마음 언저리 파문이 일렁인다.

웃을 줄만 알았던 시간 위에
스산한 바람이 불어오고
빛이 바래도록 삶을 그리면
흰 여백은 한 편의 시가 된다.

어느새 찻잔이 비워지면
또 하루가 비워지겠지
오늘도 삶을 그리기 위해
시간 위를 흔들리며 살아간다.

가을날의 묵상 / 성경자

가을비에 떨어져 쌓이는 낙엽은
쉴 새 없이 바닥을 후려치며 출렁이고
상처 입은 사람들의 가슴을 훑어 내리면
야윈 어깨는 점점 땅으로 주저앉는다.

늑골 깊이 파고드는 황량한 바람은
앙상한 나뭇가지에 이리저리 흔들리고
걸쳐진 무게는 무디어질 만도 하건만
아직도 위태롭게 걸린 밧줄을 잡고 서 있다.

세상살이가 버거워 힘이 들 때면
흐릿해진 시선 끝으로 걸어가는 발자국마다
수많은 사연이 서려 굽이굽이 흐르고
빗물인지 눈물인지 녹이 슨 시간은 등 뒤로 흐른다.

머물다 간 수많은 눈물을 담아
텅 빈 마른 가슴에 채우지 말자
희미하게 머물다 간 어제의 꿈도
상처로 얼룩진 가슴에 담지 말자

계절을 잃은 그곳에도 저녁노을은 붉디붉고
뒹굴며 헤매던 어둠 속에서 여린 풀꽃 시들면
오늘도 헛헛한 마음속에 달은 마냥 차오른다.

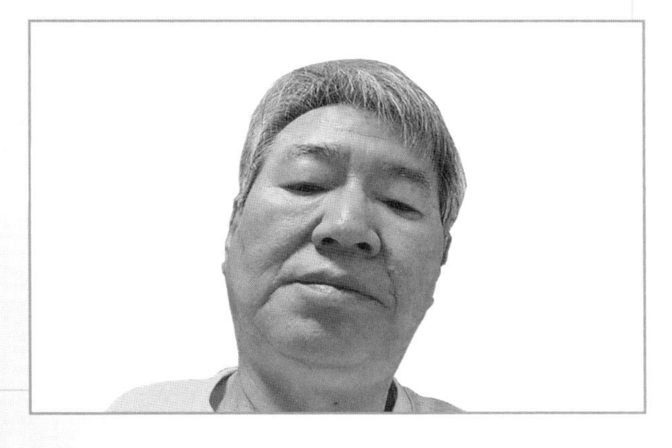

시인 성평기

❀ 목차

❀ 프로필

한국전력공사 근무
한국 발전 인재개발원 원장, 교수 역임
대한문학세계 시 부문 등단
(사)창작문학예술인협의회 회원
대한문인협회 서울지회 정회원

❀ 시작노트

시나브로 시를 습작하다가
한시(漢詩)를 공부하게 되었습니다.

이를 계기로 시를 제대로 쓰고 싶다는 생각이 들었습니다.

저는 아름다운 시어보다는
저의 소소한 주변 이야기를 쓰는 것을 더 좋아합니다.
산문과 같이 물 흐르는 듯한 시
즉 이문위시(以文爲詩)를 더 선호하게 되었습니다.
저의 어쭙잖은 변명인지 모르겠습니다.

아무튼
시를 쓰는 동안은 행복합니다.
감사합니다.

무논에 삽을 던지다 / 성평기

이눔의 비가 우라지게도 온다.
언제 비를 피하며 일 한 적 있더냐?
도롱이 아래 베잠뱅이 빗물에 빨래다.

그려 우리 아들 취직했단다.
이웃집 돈 꾸러 많이 다녔제.
체면은 선반 위에 올려 놓았제

에라이 이눔의 삽자루 무논에 던져벌란다.
삿갓 밑 쌈지 봉초 말아 쑤욱 빨아대니
가슴이 뻥 뚤린다.

나도 인자 울 아들 사는
도시에 가서 살란다.
오메 잡 것 환장허겄네.
비가 징허게도 오네.
지가 그칠 때기 있겄제

소갈머리하고는 / 성평기

아내는 나보다 일곱 살 아래다.
얼굴은 젊은데 손은 나보다 늙었다.

칠 남매 장남에 시집온 탓이다.
아니 순전히 내 잘못이다.

아내는 말하곤 한다.
당신 식구들 너무 했어
나 만삭 때
연탄 한 번 갈아주는 사람이 있었나
보일러 기름 한 통 사 왔나
시도 때도 없이 친구들 우루루 데려와
밥상 차리라 하지 않나. 또,
어이쿠
미안한 마음이 너울성 파도에 토네이도처럼 밀려온다.
우선 피하고 볼 일이다.

그런데, 그런데
이런 아내 투정이 듣기 싫을 때가 있다.
나는 밴댕이 소갈딱지인가, 속창시가 없는 건가?
소갈머리하고는,

나만 그런가?
서시(西施) 찡그린 얼굴에 헤헤거리면서
고생한 아내 얼굴엔.

모시옷 입고서 / 성평기

볕 따가운 여름 바람 조금 있는 날.
모시옷 입고 나왔다. 바람이 옆구리를 스쳐간다.
어머니 회한과 손 땀 냄새가 스민다

어머니는 등허리 땀띠로 엮어 짠 모시베를 이고
시장에 내다 팔았다. 그리고 집에 와서 우셨다.
우리 아들 모시옷 하나 못해주고
이번에도 모다 팔아버렸다고.

더 이상 마을엔 모시길쌈을 하지 않았다.
어머니도 베틀에서 내려온 지 한참.

그리고 해가 열 번쯤 바뀐 어느 해
어머니는 시장에 가서 모시베를 떠서
내 옷을 해 오셨다. 그리고 또 우셨다.
내가 짠 베로 니 옷을 해 주었어야 했는디.

까실까실한 모시옷 입을 때마다
왜 그런지 겨드랑이가 시럽다.
바람은 시원하게 들어오는데

천왕봉에서 / 성평기

나는 한때
산에 오를 때 9부 능선에서 내려왔다.
왠지 정상에는
산신령이 있는 것 같고,
또 나의 시건방을 올려놓고 싶지
않아서였다.

어느 날
나는 천왕봉 정상에
기어이 발을 내딛고야 말았다.

전날 밤 옴팡집에서
술을 옴팡지게 퍼마셨다.
다음날 아침, 내 정신이 아니었다.
탈진한 상태로 산에 오르기 시작했다.
9부 능선 너머 멀리 정상 표지석이
우뚝 서 있었다.
잠깐이었다. 욕망이 내 육신을 이끌었다.

나는 기어이 표지석에 손을 얹고야 말았다.
바로 아래 쓰레기 더미 속에
쭈그러진 맥주 캔이 나뒹굴고 있었다.
그 표면에 쭈그러진 내 얼굴이 반사해 보였다.
나는 얼른 표지석에서 손을 거두었다.
먹구름이 장대비를 쏟아낼 것 같다.

시인 안용기

❀ 목차

❀ 프로필

대한문학세계 시 부문 등단
(사)창작문학예술인협의회 회원
대한문인협회 정회원
대한문인협회 서울지회 회원
(현) 문학 어울림 정회원
아호 : 문음

가족사진 / 안용기

머얼리 나가 있던 아이가 공항에 도착했다
못 본 지 오래되어 기억이 가물가물하건만
저 멀리 서 있는 아이가 어제 본 듯 눈에 들어온다

오래 비워 놓았던 아이 방에서
어젯밤 엄마와 도란도란 이야기꽃 속에서
곤하게 잠든 모습 보고 잠들었는데

새벽녘에 보고 싶어
아이 잠든 방문 빼꼼히 열어 보니

불 꺼진 방 곤히 잠든 아이 모습
영락없이 나를 꼭 빼닮아 보였다

그 새벽 어스름에 내방에 걸린 가족사진을 보았다
변함없는 사랑하는 내 딸아이 그 모습 그대로였다

가훈(찻사발) / 안용기

그대의 거칠어 보이는 손금에서
흙을 다듬어 그대를 빚어 내신
도공님들 손가락 마디마디 묻어나는 삶의 예술혼을 볼 수가 있었답니다

그대의 꾸밈없는 얼굴에서
선조님들 천년의 삶 굽이치는 주름살을 볼수가 있었답니다

그대가 담아내는 수더분한 탁배기 한 잔에서
민초들의 애환을 달래주는 그대의 마음 씀씀이를 가늠할 수가 있었답니다

그대의 소박한 모습에선
노동의 배고픔을 채워주는 신성한 보리밥 한 그릇을 볼 수가 있었답니다

그대가 정성으로 달여 내는 풋내 나는 감로차 한 잔에서
산사 스님 중생 구제의 잔잔한 염불 소리를 들을 수 있었답니다

담기는 대로 품어내는 그대의 푸근한 가슴에선
삶에 지친 저들의 영혼을 푸근하게 보듬어 주는 여유를 보았답니다

그대에게 안겨오는 속세의 영혼들을 말없이 담아내는 모습에서
우리를 품어 주신 부모님의 아름다운을 사랑을 읽을 수가 있었답니다

그리하여 저희는
천년을 이어갈
그대의 꾸밈없고 소박한 아름다움을
우리 가문의 가훈으로 모실까 합니다

도자기 / 안용기

버얼겋게 타오르는 검붉은 불길 속으로 널 밀어 넣고
그것도 모자라 너의 숨구멍마저 틀어막았는데도

벌거벗은 넌
그 뜨겁고 뜨거운 불길을 한입으로 송두리째 들이 마셨지

삼일 낮밤으로
그 검붉게 타오르던 뜨겁고 뜨거운 불꽃들을 모조리 마셔버리던 날
그 뜨겁고 따가운 불덩이 불꽃의 춤사위 속에서
온몸은 숨죽이고 또 죽여가며 안으로 안으로 가슴 두드리고 두드리며 담금질하고

심장도 머리도 오장육부마저도 모조리 태워 내며
비우고 또 비워내며 익혀지고 또 야무지게 구워진 모습으로 거듭났구나

너는 그 검붉은 불꽃을 마셔내고 입은 화상의 흔적 불꽃들을
너의 온몸에다 검붉은 불꽃으로 아름답게 그려다 넣었구나

그 뜨겁고 뜨거운 불꽃을 이겨내고 이겨 내어 단련되어 온 너의 굳은 심정은
널 아무 생각 없이 보듬어 내는 예술가의 영혼을
시뻘겋게 달아 오른 사금파리가 되어
널 가볍게 여기는 자들을 모조리 베어버리는구나

자유 / 안용기

맴 맴 맴 메에엠~~~
햇살 한번 들지 않는 어둡고 습한 땅속에서

그렇게도 길고 긴 동안거 인내의 세월을
살아 내어 온 세상의 소리 매미야

그 따갑고 뜨거운
꼭대기의 꼭대기까지 오르고 올라

바람, 그리고 구름만이 함께하는 그곳
그 어느 누구도 오를 수 없는
세상의 끝 꼭대기까지 올라

폐부가 뒤집혀라
세상의 진리를 소리치기 위해
그렇게 외롭고도
길고 기이인 인고의 세월 동안
암울한 세월을 득도하는 동안거의 세월로 살아 내었느냐?

폐부가 터지고 찢겨져 나가도록
외치고 또 외쳐 버려라!

허파가 뒤집히도록 울부짖어 버려라!!

너의 그 간절함을
그 어느 누구도 탓할 수도 없다
말릴 수도 없다!

외치고 싶은 만큼
마음대로 외치고 소리 질러라!
맴 맴 맴 메에엠~~~

시인 염인덕

목차

프로필

대한문학세계 시 부문 등단
(사)창작문학예술인협의회 회원
대한문인협회 서울지회 정회원
금주의 시, 좋은 시 선정
명인명시 특선시인선 선정
종합 문화 예술잡지 선정
들꽃처럼 2집

시작 노트

한편의 글을 쓸 때마다
생각과 마음을 글로 표현할 수 있어
행복감을 느끼며
긍정적인 글 하나하나가
나, 자신을 겸손하게 만들고
누군가에게 베푸는 마음이 크게 다가와
나의 가슴을 행복으로 채우는 삶의 감사함을 느끼며
오늘도 내일도 다정한 미소 나눔의 꽃이 되었으면 한다.

한 송이 꽃 / 염인덕

멀리서 보면 다정하지만
다가서면 외롭게 하고
향기에 머물다 떠나간 사랑

이별 없는 세상에서
붉은 꽃 한 송이
아름답게 피우고 싶었다.

벌레들이 괴롭히고 파고들어도
난 쓰러지지 않았다
가시로 온몸을 덮었으니까

이젠 비가 와도 좋아
눈이 와도 좋아
장미 한 송이 꽃잎 되어
활짝 웃고 있으니
난 행복하여라.

함께라서 행복합니다 / 염인덕

봄을 알리는 수선화 "꽃처럼"
해맑은 미소로 손을 잡아주는
희망선 앞에 함께하는 우리

오다가다 만난 인연
서로가 해바라기 "꽃이" 되어
입가에는 고운 향기
새록새록 돋아나는구나!

맞잡은 손 붙잡고 걸어가는 길
삶의 무게만큼 더 행복하고
서로가 등대가 되어 줘서 고마워라

우린 날마다 기적이고
은혜와 축복 속에서
감사한 마음으로
내일도 봄날처럼 정답게
꿈을 향해 달린다.

작은 행복 / 염인덕

이른 아침
행복한 하루를 설계하는
어제와 다른 내일을 꿈꾸며

작은 하루 갔지만
행복하게 보내야 하는 이유는
오늘이 소중하기 때문에 입니다.

누구나 똑같이 찾아온 원칙의 삶
가볍게 산책하듯이
싱그럽게 돋아나는 새싹처럼
걷는 길목마다 꽃이 피었으면 좋겠다

누군가에게 샘물이 되어주고
아낌없는 사랑을 나누면서
삶의 행복을 느끼며 살아가고 싶다.

사랑 나무 / 염인덕

삶이란 어찌
좋은 날만 있겠는가
마음대로 안 되는 게 현실인 걸
육신의 욕심보다
마음속에 따뜻한 사랑 나무를 키우며
행복하게 살았으면 합니다.

살면서 짜증 나고
괴로울 때도 있겠지만
이것도 또한 다 지나가리

진실한 마음속에는
맑은 우물이 흐르듯이
나 자신을 낮추다 보면
아름다운 사랑의 꽃이 피어 있을 터

욕심은 화를 부르고
마음은 시기를 낳고
돈과 명예를 따르다 보면
사랑은 멀어질 수 있다

조금 모자란 듯
허허 웃으면
사방이 웃음꽃이요
이 또한 사랑 나무 납니다.

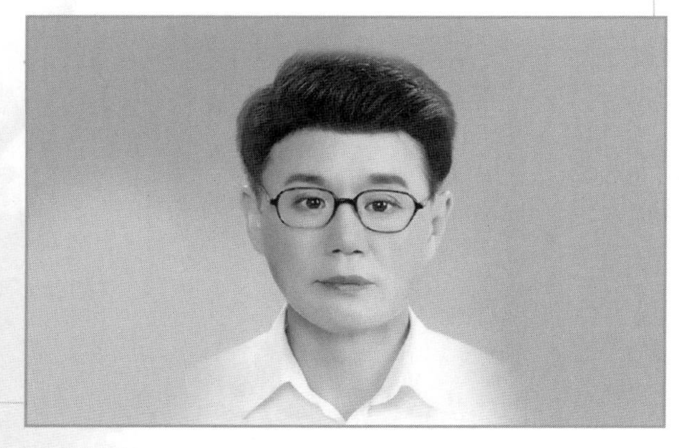

시인 윤만주

목차

프로필

순복음영산신학원 졸업(전도사)
㈜한덕엔지니어링 재직 중
대한문학세계 시 부문 등단
(사)창작문학예술인협의회 회원
대한문인협회 서울지회 정회원

시작 노트

시인은 흐르는 강물 위에
꿈으로 가득한 세상을 건설하고
밀림은 숲속의 태양을 삼키지만
독자들의 애정에는 문학의 월계관이 있습니다.

마음과 마음으로 교감하는 어울림의 세상
모두의 꿈이 모여 별이 되어가는
아름다운 세상으로 사랑과 그리움을
배달하는 시문학의 영원한 노을이고 싶습니다.

한세상 살다가는 / 윤만주

상두꾼의 꽃가마에
영혼을 훔쳐 가는
절대지존 무적의 암살자

색바람의 올가미에
황천길도 문전성시
곡소리가 애잔하고

막을 내린
그리움의 덧문으로
한세상 살다가는
음풍농월 가없이 멋스럽소.

* 음풍농월(吟風弄月): 아름다운 자연의 경치를 시로 노래하며 즐김

정든 임의 발자국 / 윤만주

저 홀로
해를 삼킨
담장 밑의 그리움은
울타리를 감아 오른
능소화로 물이 들고

길바닥에
나뒹구는 꽃잎 하나

바람이
흘리고 간
시간의 궤적을 따라
부서지지 않는 이름으로
정든 임의 발자국에
붉은 피를 흘립니다.

당신께서 오시는 길 / 윤만주

밤새
그리움이
승화하여
이불깃에
꿈으로 다녀가신
당신의 따사로운 체온

바람으로 흔들리는
기억의 활주로에 은빛 날개로
태양의 립스틱을 바르고

못내
삼키지 못한
극한의 그리움은

외로운
둥지 위에
천 개의 주름살로
바위산에 걸터앉아
당신께서 오시는 길 비단길을 닦습니다.

개벽의 종소리 / 윤만주

개벽의
종소리
역사의 등을
밀고 가는 바람아
길섶에 홀로 강파리한
꽃잎을 따지 마라.

춘경에
그리운 임 오시는 날
차마 못다 한 사랑
시뻘건 선혈(鮮血)로
미혹의 새벽을 밝히리라.

* 강파리한 : 야위고 파리한 듯한
* 춘경(春景) : 봄의 경치
* 미혹(迷惑) : 무엇에 홀려 정신을 차리지 못함

시인 은별

목차

프로필

전남 영광 거주
대한문학세계 시 부문 등단
(사)창작예술인협의회 회원
대한문인협회 서울지회 홍보차장
(사)한국마이다스 밸리댄스협회 강사
2018년 신인문학상 수상
2021년 향토문학상 수상
2021년 명인명시 특선시인선 2년 연속 선정
2021년 현대시 100주년 기념 인물사전 선정
2022년 금주의 詩, 좋은 詩 선정
2023년 신작 詩 선정

시작 노트

시월의 어느 날
시원한 바람 한자락에
세상 시름을 잊고 소소한 행복과
진한 가을 향기 속에서
찬란한 여명이 또 하루를 깨운다
물들어 가는 나뭇잎처럼
그렇게 나의 긴 가을도 물들어 간다.

산들바람 부는 언덕 / 은별

산들바람 부는 언덕
가을 문턱에 서면
부모님이 사무치게 그리워
고향 생각 절로 난다

두근두근 설렘의 가을 향기
유년의 추억이 뭉클뭉클
가슴을 방망이질하고
청록빛 가을 하늘처럼
선명하게 각인되어 뇌리를 스쳐 간다

석양이 지고
달빛이 내리는 저녁
구수한 향수에 젖어
소슬한 가을밤은 깊어만 가네.

만추의 계절 / 은별

새싹이 돋아나
연둣빛으로 반짝이던 싱그러운 봄날
가슴 뛰며 설레었지

울긋불긋 나뭇잎 물들어
단풍으로 변해가는
풍경을 바라보며
황홀하여 눈물 흘렸지

계절의 뒤안길 낙엽이 우수수
바람에 나부끼며
발끝에 바스러지는 소리
가슴을 참 아리게 하는구나

단풍이 곱게 내려앉은
만추의 계절
가을이 깊어가니 마음도 깊어간다.

아련한 추억의 여름밤 / 은별

땅거미 짙게 내리고
초롱초롱 빛나는 밤하늘에
별들이 숨바꼭질한다

초저녁 하늘에
반딧불이 수놓으며
풀벌레들의 합창연주가 시작되었지

여름밤이면
마당 한편에 모깃불 피우고
형제들과 나란히 멍석에 누워
별을 헤아리며
도란도란 웃음꽃 피우던 정겨웠던 그 시절

기억 속에 멈춰버린
지난날 행복했던 추억이
물밀듯이 밀려와
텅 빈 방 안에 그리운 옛이야기를
한가득 풀어놓는다.

학창시절 / 은별

추억으로 가는 길
콩닥콩닥 바람이 마음을 흔들고

그리움으로 걷는 옛길
한들한들 꽃잎이 눈을 적시고

푸른 밤을 지새우며
낭만 가득했던 학창 시절

노을에 찰랑거리는
설익었던 그 시절

자우룩한 구름 사이로
설핏설핏 보이는 듯
친구들 노랫소리 귓전에 맴돈다.

시인 이고은

❀ 목차

❀ 프로필

봄 여름 가을 겨울 일기 쓰기 저자
24절기 달력 속 숨은 과학 공저
대한문학세계 편집 위원, 기자
독서 지도사, 독서 강연 교사
향토문학 작품 경연대회 금상

❀ 시작 노트

봄 여름 가을 겨울이
마음 빛으로 들어올 때마다
시를 짓고 싶습니다.

바람 불고
비 내리고
달이 빛나고
풀과 나무와 파도 소리가
귓전에 들려올 때
귀 기울여 듣고 싶습니다.

파도 타기 / 이고은

시인의 삶에서 시어를 살짝 흔들어 깨운다

말랑말랑 부스스 산들산들 소소소
애절하고 절절한 입담으로 그득 차고도 넘친다

애달프다
가슴에는 울분과 격한 몸짓이 먹장구름으로 가려져
새하얀 눈물이 깃털처럼 흐른다

사랑이다
심장에는 전류가 흘러 차마 막지 못하는 폭포처럼
세차게 흐른다

애환이다
삶을 넘나드는 숱한 갈등과 부질없음에
목놓아 우는 한 마리의 학이 유유히 날고 있다

나도
그들과 함께 세상속으로 바짝 다가가
넘실대는 파도에 내 몸을 온전히 맡긴다.

반딧불이 / 이고은

헤아릴 수 없을 만큼의 별이
훅 눈동자 안으로 쏟아지고
가늠할 수 없을 만큼의 반딧불이
푸드덕 가슴 속으로 파고든다

별과 반딧불이는 한마음 되어
검붉은 석양 꿀꺽 삼킨 채 강물에 내려앉고
내 심장도 덩달아 전류 흐르듯 활활 탄다

어린 날의 개똥벌레 어깨에 살포시 내려앉았다가
모깃불 연기에 쏜살같이 사라지고
맹그로브 숲의 반딧불이가
소망으로 동그랗게 빚은 내 손 안에 잠시 머무른다

"아직 가지 않은 길을
  너의 빛으로 밝고 희망차게
  비추어 주렴"

귀 기울여 듣는 너에게 가만히 속삭이면
반딧불이는 밤하늘에 동그라미 그려놓고
별이 되어 훨훨 날아간다.

가을 / 이고은

물보라처럼 번지는 그리움
보푸라기처럼 이는
그대에 대한 열망이
새록새록 주홍감이 되어
익어갑니다.

내 안에 그대가 있어
알찬 곡식이 여물고
생채기는 희미해집니다

시월의 멋진 어느 날에
붉은 단풍으로
노란 은행잎으로 다가와
내 손을 꼭 잡아줍니다

가을,
당신을 사랑이라고 부르고
사랑한다고 고백합니다.

봄꽃, 너 참 예쁘다 / 이고은

봄비는 얼음 가지 속 숨은 꽃 싹을 빨아내려고
동토의 대지에 자꾸 입을 갖다 댄다

잎눈은 가늘고 작은 떨림으로
꽃눈은 굵고 큰 몸짓으로
그 입을 맞춘다

봄꽃이 피었다

희망 꽃, 사랑 꽃, 행복 꽃이 소담스럽게 피어
푸른 가슴 내주는 봄이 왔다

봄꽃을 보고
봄꽃을 듣고
봄꽃을 어루만진다

봄꽃, 너 참 예쁘다.

시인 이효순

❀ 프로필

월간 『신문예』 신인문학상
제3회 아태문학상 수상
제1회 서울시민문학상 본상 수상

인사동시인협회 사무국장
아태문인협회 이사
노원문인협회 회원
대한문인협회 회원

시집 『당신의 숨 한 번』 『장미는 고양이다』

❀ 시작 노트

눈동자에 빛이 들어온다
새벽을 통과한 나뭇가지들
잎맥은 속도를 기억한다
태양이 나뭇잎 위로 미끄러지면
은빛으로 변한 들고양이들
비광飛光의 춤을 춘다

장미꽃을 켜는 여자 / 이효순

소나무 숲에서 끊어진 기억

사무침이 깊어 고딕체가 된 꽃

여자의 징검다리는 벽 속에
갇혀 과거를 더듬는다

지나온 눈 맞춤은 어제의 과녁을 뚫는다

심장은 사랑에 관해 질문을 던진다

내 가슴에 블랙홀을 만들고 떠난 그

돌이킬 수 없는 우울의 침잠

마지막이란 입술을 읽다가 잠에서 깬다

슬픔을 기억하는 심장은 말을 아낀다
장미꽃을 다시 켜는 여자

감나무와 어머니 / 이효순

당신과 함께 심었습니다
손가락만 한 감나무

돌짝밭 손끝이 닳도록 함께
땅을 파내려 갔습니다

바람은 햇살을 끌어다 주고
가족은 새벽을 밀었습니다

오늘, 그 감을 따야 하는데
당신은 가을과 함께 먼 곳으로
떠나셨습니다

식탁 위 접시에 올려진 감 하나
차마 입으로 깨물지 못합니다

한평생 자식들에게
하나님의 사랑과 헌신을
온몸으로 땅에 쓰고 가르치신 어머니

그렁한 내 눈은 붉은 감빛이 되었습니다

마지막 기도 / 이효순

가을이 너처럼 떨리는 것은

가지 끝에 꺼지지 않는
등불 하나 매달아 놓아서다

심장마다 떨리는 붉은색
칼끝, 붙잡고 싶은 사랑이다

젊음은 불안한 사랑을 노래하고
늙음은 마지막 사랑을 노래한다

때로는 짧게, 부드럽게,
때로는 지독하게, 슬프게,

가지 끝에 매달린 생명 하나

누가
저 등불보다 간절한 기도를
가을 하늘에 매달아 놓을 수 있을까

첫눈이 내리면 / 이효순

오랜 시간 나무의 비밀은
자동문처럼 가슴을 연다
동백꽃 한 송이 뚝, 눈 위에 떨어진다
붉어진 눈송이 안부가 울먹인다

빨강 망토의 소년은 사라지고
가지마다 쌓인 오래된 그리움
마른 잎으로 어제를 털어 낸다
오늘은 방안까지 눈이 내린다

계절을 쓸고 밀어 보지만
눈이 녹은 벽지마다 얼룩진 슬픔
사방은 온통 붉은 이름 석 자
꽃무늬로 흔적을 남긴다

마음에 창문을 내고, 깊고 우렁한 이름 하나
기억의 나무에서 말은 건다

첫눈이 나무에 앉으면
돌아온 첫 키스가 새초롬히 꽃처럼 떤다

시인 임미숙

목차

프로필

대한문학세계 시 부문 등단
대한문인협회 서울지회 정회원
국제펜클럽 한국본부 정회원
한국문인협회 정회원
한국현대시인협회 정회원

시집 "사랑 너 어쩌면 좋니"
동인지: 들꽃처럼2.3.4집, 다온문예, 문학광장시선
숲을 이룬 15인, 전국시화전 등 다수
hwangmae912@hanmail.net

시작 노트

우리에게 소중한 것은 지금 이 순간
주어진 삶의 최선을 다하며 현실을
있는 그대로 수용하며 그 안에서 행복을
누리는 것이 아닐까 합니다

시와 산책으로 번잡한 마음
잠시 내려놓을 수 있는 여유
자연과 교감하며 진정한 자아를
만나는 정갈한 순간
그것이 시인의 뜨락이면 좋겠습니다

행복 바이러스 / 임미숙

눈 부신 햇살이 창틈 사이로 스미듯
매일 07시 어김없이 울리는 알람

카톡!
사랑스러운 이모티콘 하나

"사랑해"라고 말하지 않아도
상쾌한 아침을 열어주는

변함없는 동행자
그대는 행복 바이러스

웃음이 나요 / 임미숙

스치는 바람에도 간지럼을 타고
무심히 흐르는 구름만 보아도
히죽히죽 웃고 있어요

특별할 것 없는 일상 얘기도
세레나데처럼 감미롭고

무심히 보내온 이모티콘 하나에도
굳은 얼굴의 세포가 활짝 열리어
어린아이처럼 마냥 웃음이 나요.

낙엽 / 임미숙

푸르고 당당하던 나뭇잎
마지막 생애 불타오르고

떠나야 할 때를 알고
머뭇거림 없이 떨어진다

떠나는 것이 끝이 아니라는 것을 알기에
아쉬움도 없이 훌훌 털고 날아간다

새봄 희망의 씨앗을 잉태하고
다시 돌아오기 위해
기쁜 마음으로 수용하며
깊은 묵언 수행의 길을 떠나간다

둘레길 / 임미숙

황금빛 융단 위에
여름내 달아오른
열정들이 사뿐히
내려앉아

중년의 가슴속에
숨겨 둔 추억
불쏘시개처럼
솟아오르고

즐비한 해송 숲
묵언의 고요함은
닫힌 마음
활짝 열어주는

오고 가는 인연들
수많은 사연
묵묵히 지켜주는
상수리나무

좋은 사람
귀한 만남
스치는 향기에
발그레 물 들어간다

시인 임현옥

프로필

서울 거주
대한문학세계 시, 수필 부문 등단
(사)창작문학예술인협의회 회원
대한문인협회 서울지회 정회원
대한창작문예대학 졸업 작품 경연대회 대상

시작 노트

해를 거듭할수록
온난화가 심해져 갑니다
동인지(5집) 발간을 진심으로 축하드립니다
이십 년이 넘도록 같은 길을 출, 퇴근하며
익숙한 밤하늘을 밝히는 오늘은
초승달을 마주합니다
양어깨로 우수수 내려앉는 은하수는
마음의 빛이 되어 다가오지만
집으로 가는 길은 변함없는 늘 그 자리….

시들어가는 마음을 다시금 일깨워 준
동인지 들꽃처럼
앞에서 끌어주시는 분들이 계셨기에
서울지회 열차는 쉬지 않고 달리나 봅니다

모래성 약속 / 임현옥

잔잔한 강릉 바다
검붉은 태양이 눈을 비비면
아침은 고깃배로 새벽을 연다

간간이 갈매기 날고
뱃고동 소리로 희망도 낚는다

어제 놀다 두고 간
주인 잃은 하얀 모래성
밀려오는 파도에 무너져간걸
그 누구는 알까

도란도란 세상 이야기
멀리 수평선에 닿을 때까지
나누며 살자는 약속은
모래성처럼 무너져갔다.

집으로 가는 길 / 임현옥

어둑어둑 쏟아지는 어둠을 안고
내쉴 곳을 향한다
소나기가 퍼붓고 지난 후
밤하늘엔 반가운 별들의 속삭임
바람 한 점 친구 삼아 집으로 가는 길

언제부터인가
그곳은
사랑도 머물다간 빈자리
추억 묻은 기억의 터전
외로움과 고독이 머물고
푸름이 저무는 곳이 되었나

고단한 인생 무게 발걸음에 매단 체
터덜터덜 집으로 가는 길
인생은
해 질 무렵 집을 찾는 것처럼
나를 찾아 혼자 가는 길인가 보다.

문학 바람 / 임현옥

반듯반듯 바둑판 논에
벼싹들 나란히 줄을 세우고
쏟아붓는 뜨거운 햇살
농부들의 땀방울로
들녘까지 물들인다

하늘은 논둑길 따라 너른 들판을 달린다
호미질에 탄생될 감자꽃도
하얗게 밭이랑을 수놓았다
곧 다가올 여름 맞이 신록은
산마다 점점 짙어만 가는데

갈수록 어려운 문학의 관문
피할 수 없이 넘어야 하는 문턱
긴 터널을 지나면 꿈을 향해
달려가는 열차는 곧
문학 역에 도착할 것이다

* 6월 2일 문예대 가는 열차 안에서 ...

여행 / 임현옥

시골은 밤이 일찍 찾아와
까만 밤 하늘에 별이
유난히 빛납니다
익숙하지 않은 시골 내음
간간이 들려오는 풀벌레 소리가
더 정겹습니다

옛 추억 들춰내 밤늦도록
불어나는 이야기 그리움 되어
온 밤을 꼬박 새우고
아쉬운 시간들이 흘러갑니다

도심엔 이미 달려왔을 새벽
칠흑처럼 깜깜한 밤
고개 숙인 가로등만 어둠을 밝히고
어디선가 울어대는
매미의 합창 소리
여명도 회색빛으로 달려와
하루의 영혼을 깨웁니다

* 남원에서...

시인 장선희

❀ 목차

❀ 프로필

(사)창작문학예술인협의회 회원
대한시낭송가협회 정회원
대한문인협회 서울지회 정회원
한국소설가협회 정회원

〈저서〉
제1시집 "꿈의 바다"(2018년)
제2시집 "찬란한 하루"(2024년)
장편소설 "향기로운 꽃이 되었다" (2022년)
〈공저〉
〈들꽃처럼〉 제 2집~4집, 〈명인명시 특선시인선〉
〈별숲에 시를 심다〉, 〈현대시와 인물사전〉
시화전 전시(2016~2022년).

❀ 시작 노트

물처럼 흐르는 세월 앞에
세상 보는 눈이 경이로워
살아가는 활력의 감수성
경지에 도달한다 해도
그 또한 두렵지 않으리.

청량리역에 가면 / 장선희

청량리역에 가면
고향에서 올라오신
울 엄마 오실 것 같아

어릴 적 고향 가는 발걸음 기차역
시계탑 밑 광장에서
샌드위치 굽던 고소한 내음
한나절 기다려도 마냥 즐거웠던 곳

지금은 흔적 없는 사라진 그 자리
훗날 엄마 모습 느끼고 싶어
그리워 그리워서 한달음에 달려갔다

가슴속 새겨둔 추억을 더듬으며
여기저기 돌아다녀 보지만
눈부신 거대한 빌딩 아래 배회하는
사무치는 그리움만 남아 있다.

어머니의 보리밥 / 장선희

가마솥에 시커먼 보리쌀이 설설 끓어오르면
타닥타닥 시뻘건 장작불도 잦아든다

솥뚜껑 활짝 열어 물방울 김이 내리면
아버지가 만든 소쿠리에 건져 내고
윤기 나는 하얀 쌀 한 움큼 얹어
토실한 보리밥 보드랍게 짓는다

따끈한 보리밥 올록볼록 양은 양푼에 담아
시큼한 열무김치 얼갈이 생채 나물
어머니의 고추장 들기름에 비비는 소리
고소하고 매콤한 비빔밥 꿀맛이다

갓 쪄낸 호박잎에 보리밥 한 수저
아궁이의 보글보글 강된장 끓는 소리
그대로 어머니를 따라가 버린 그 맛
어머니의 보리밥 간절하게 그립다.

도라지꽃 / 장선희

나이 들어 늙어져도
반백 머리 동여매고
얼룩진 미소로 반깁니다

이마에 윤기 나는 주름
촉촉한 눈동자 바라보며
서로의 숨결로 다가갑니다

아름다운 세상에서
보이는 것만이 전부가 아닌
가슴 속 영원한 순정
당신을 사랑합니다

숙련된 신체의 기품으로
언제나 바라보며 설레는
일편단심 영원한 사랑
하얀 도라지꽃을 바칩니다.

가을 연가 / 장선희

지난가을 가신님은
또 오실 줄 알았습니다

여전히 곱디고운 모습
얼마나 반가운지요

오늘은 노란 모자에
울긋불긋 차려입고
설레는 맘 어찌할까요

아침햇살 눈이 부셔
반짝이는 눈동자에
오래 머물 수는 있는지

이젠 떠나지 않겠다며
영원히 함께 할 것입니다

시인 장수연

❀ 목차

❀ 프로필

부산 출생
서울 양천구 거주
대한문학세계 시 부문 등단
(사)창작문학예술인협의회 회원
대한문인협회 서울지회 정회원

〈공저〉
동인지 〈들꽃처럼〉 2집, 3집, 4집

〈수상〉
2022년 동양서예대전 자작시 〈물가에서〉 입선

❀ 시작 노트

뜨거운 한낮의 태양을 피해
매미 소리 들리는
팽나무 아래 앉아
생각을 꺼내어 글을 짓는다
나뭇잎 소리와 새소리
그리고 시라는 악기를 더해
삼중주의 연주회가 열린다

하루 / 장수연

아침에는
사과나무에
참새가 열리고
소란한 노랫소리에
잠 깨어
고개 숙인 수국에
물을 주며
오늘도
설레는 아침을 맞는다
젊은 날의 하루는
힘들고 지쳐
밤이 오기만을
기다렸지만
지금은
가는 오늘이
늘
아쉽다

한강 다리 / 장수연

워커힐 높은 곳에
커튼을 젖히니
반딧불 무리처럼
질주하는 자동차
어둠이 내리면
도시의 화려한
그림자
수면 위로 흩어지고
온갖 사연 간직한 다리는
오늘도 묵묵히
한강을 지키네
지나온 세월과
다가올 시간들을
품고…

무등산 풍경 /장수연

커다란 꽃 무덤 사이
작은 다람쥐의 놀이터
멧돼지가 파놓은 웅덩이는
막 피어난 꽃들의
집이 되고
바위 아래 두꺼비는
한쪽 다리만 들고
오르려고 애쓴다
무너진 바위 조각은
작품을 만들고
팔을 뻗으니
하늘까지 닿는다
언제까지나
머무를 수 없는 정상은
내려가야 하는 길이
남아있듯이
또 한 번
산에서 인생을 배운다

오남매 / 장수연

매일 같이
눈만 뜨면 웃었다
이불 하나로
밤을 보내고
저녁이 되면
지친 어머니를
위로하고
여름에는
속옷 하나씩 챙겨
먼 길 바다로 향했다
겨울이면
옷을 돌려 입으며
눈 쌓인 마당에서
어둡도록 놀았던
그 오남매는
지금 곁에 없다
영원할 것 같은
시절은 가고
모두 발길 먼 곳으로
가버린 지금
아직도 그때가 그립다.

시인 장용순

목차

프로필
대한문학세계 시 부문 등단
(사)창작문학예술인협의회 회원
대한문인협회 서울지회 기획국장

〈저서〉
시집 “인생은 산책이다”

시작 노트

내 인생을 스쳐 간 많은 인연이
군데군데 남겨놓은 삶의 흔적들
그래서 더욱 아름다운 인생 그림
함께 만드는 “들꽃처럼 5집”이
또 하나의 아름다운 흔적으로
남기를 바라며...

사랑할 때는 모든 게 아름답다 / 장용순

사랑할 때는
모든 게 아름답다

부드러운 바람과
따스한 햇살

멋진 날갯짓의 나비들
잉잉거리는 부지런한 벌들

한낮의 더위와
폭풍우가 지난 후에

예쁜 꽃을 피우든지
시들어 버리든지

좋은 열매를 맺든지
떨어져 버리든지

사랑하는 동안
모든 게 아름답다.

홍엽 / 장용순

나 오늘 그대를 보았네
햇빛에 비친 장미의 모습으로

나 오늘 그대를 보았네
달빛에 비친 칸나의 모습으로

커피숍에서도 보았고
카톡에서도 보았네

나 오늘 그대를 보았네
바람에 날리는 홍엽의 모습으로.

행복한 아침 / 장용순

아침 해가
창문을 두드려

커튼을 열어
맞이하는 아침 햇살

기쁨이
방을 가득 채웠다

간밤에 내리던
비가 그치고

우울의 구름을
걷어낸 하늘

새소리와 시작하는
행복한 아침

동그라미가 그리는 교집합 / 장용순

내 마음에 동그라미 그린다
때로는 작게 때로는 커다랗게
삐뚤어질 때도 있고
풍선처럼 부풀 때도 있고
당신이 그리는 동그라미에
얼마나 가까울 수 있을지
물 위에 던져진 내 마음이 그리는
수많은 동그라미를
당신도 그려낼 수 있을지
몸이 하나가 되는 것보다
마음이 하나가 되는 것이 힘들다는 것을
살아본 사람들은 알고 있지
당신이 만드는 동그라미에
교집합을 이루는 부분이
우리가 살아가는 이유이며
인연을 이어가는 끈
엉켜진 기억은 잊어버리고
좋은 것만 생각하며 사는 삶
즐거운 동행이어라.

시인 정병윤

목차

프로필

서울 거주
대한문학세계 시, 수필 부문 등단
대한문인협회 정회원, (사)창작문학예술인협회 회원
대한창작문예대학 졸업, 문예창작지도자 자격 취득
〈수상〉
2024 신춘문학상 공모전 대상
2023 한국문학 올해의 시인상, 순우리말 시 짓기 공모전 동상
2023 대한창작문예대학 졸업 작품 경연대회 은상, 신춘문학상 공모전 동상
2021 한국문학 올해의 시인상
〈공저〉
2022 명인명시 특선시인선, 2024 명인명시 특선시인선
2023년 박영애 시낭송 모음 12집 〈시 한 모금의 행복〉
2023년 대한창작문예대학 졸업 작품집 〈시로 꾸며진 정원〉

시작 노트

수많은 생물이
닫았던 내 귀를 열고
살짝 건드리기만 해도 터질듯한 속마음이
폭발하며 터질 때쯤
내 삶의 감수성 한 조각에
날개를 달아준 당신을 담아
오늘 일기를 쓴다.

둠벙 / 정병윤

하루살이 껍질 떠다니는
가장자리 달팽이가
속살을 보이며 쉬고 있다

햇볕으로 데운 온기 나누며
냉해를 이겨낼 공간일까

논두렁에 기댄 채
손등에 소금쟁이 올려놓고
하릴없이 노는데
7월을 맴도는 실잠자리
그지없는 유년의 풍광이다

용왕이 살고 제비가 집을 짓는
할머니 구술에 매미울음 소리가
내 귀를 흔드니
고단했던 삽질이 묻힌다

어느덧
고개 숙인 벼 이삭의 풍미에
나도 같이 물들고 싶다.

비가 바람을 덧칠하다 / 정병윤

부러지지 않은 상처가
격정의 사투로 여름을 뒤집는다

비는 세차게 바닥을 치고
울적함이 온몸을 무겁게 짓누른다

휘어져도 어깨를 내어주는
나무처럼 살고 싶었건만
알 수 없는 소리는
비의 틈새를 거칠게 파고든다

허공의 격렬한 무대에
미친 듯한 춤사위는
머리카락 매달린 오만을 날리지만
적당하게 바람 불 때
비 그치면 내 마음 어디에다 둘까

혼돈의 침묵이
마음의 틈으로 들어가
일기장을 채운다

꽃물의 노래 / 정병윤

장맛비 흙탕물이 여린 꽃잎에 튕겨도
진한 꽃물은
마음 사위는 노래가 되었다

서로 다른 꿈을 꾸며
길잃은 철새처럼
골목이 흔들리도록 울었다

가을 오는 소리에
꼬투리가 생의 전부를 말아 올리는데
꽃물 든 손톱 안으로 낮달이 뜬다

애오라지 / 정병윤

가을비가
길든 외로움을
흔들어 깨운다

희미한 기억이
뿌리를 내릴 때마다
꽃으로 피어난 이름

매지구름 걷힐 때
애타게 부르던 그리움이
설렘의 꽃으로 핀다

초록 아래 숨긴 다리 사이로
하늘이 내려와
초아처럼 꿈을 꾼다

시인 정연석

❀ 목차

❀ 프로필

대한문학세계 시, 수필 부문 등단
(사)창작문학예술인협의회 회원
대한문인협회 저작권옹호위원회 위원장

〈수상〉
대한문인협회 베스트셀러상 (2022)
대한문인협회 순우리말 시 짓기 동상 (2023)
대한문인협회 한국문학 올해의 시인상 (2023)
대한문인협회 신춘문학상 동상 (2024)

〈저서〉
시 집 "아침에 시를 만나는 행복" (2022)
수필집 "가던길 잠시 멈추고" (2017)

❀ 시작 노트

어느 날 시를 쓰고 싶은 마음이 들어 붓을 들었다. 하지만, 생각은 있으나 마음처럼 시를 쓸 수 없었다. 시를 써놓고 다시 보면 마음에 들지 않아서 몇 번을 퇴고하면서 시인의 길을 간다. 올해는 문예대학에 입학하여 시를 쓰는 기본 교육과정을 이수했지만 시를 쓰는 것이 쉽지 않음을 체감한다. 대한문인협회 서울지회에서 시집 '들꽃처럼' 제5집 발간에 참여하면서 시 몇 편을 고르는데 망설여진다. 시를 쓰는데 언제쯤 두려움을 버리고 자신감을 가질 수 있을는지 마음이 무겁다. 하지만, 서두르지 않고 묵묵히 시를 쓰다 보면 마음에 드는 시 몇 편 만날 수 있겠지 기대하면서 오늘도 붓을 든다.

아름다운 오월 참 좋다 / 정연석

오월이 오면
산과 들은 신록의 수채화
향긋한 풀 내음
청춘 같은 푸르름이 좋다

청보리밭 길을 걸으면
옛 추억이 생각나고
시냇물 재잘대는 냇가에서
근심을 버리고 마음을 비운다

붉은 장미는
청춘의 마음을 빼앗고
짙은 라일락 향기는
잠자던 사랑을 흔들어 깨운다

시원한 바람과 파란 하늘
꿈과 희망과 사랑이 춤추는
아름다운 오월 참 좋다.

어머니의 사랑 옥수수밭 / 정연석

허리 굽은 어머니가
밭고랑을 타고 앉아
씨앗을 심은 지 몇 달

옥수수는 고르게 자라서
한밭 가득 풍요가 넘치고
꽃술 위로 산들바람이 지나간다

어머니는 옥수수를 길러서
가족들과 한솥 삶아 나누려는데
작은 소망은 아픔을 겪어야 했다

까치가 씨앗을 훔쳐 가고
고라니는 작은 싹을 잘라먹고
씨앗을 몇 번 다시 심으셨다

시련을 이겨낸 옥수수는
갈색 수염을 바람에 날리며
휴가 때 찾아올 손님을 기다린다.

갑자기 만난 소나기 / 정연석

산책길에 만난 소나기에
온몸이 흠뻑 젖고
놀란 가슴 쓸어내린다

비는 금세 그치고
변덕쟁이 물장난처럼
구름 사이로 하늘이 보인다

물 폭탄을 쏟아부어도
피할 수 없는 숙명이기에
인내와 아량으로 참아낸다

삶에서 만나는 시련도
소나기처럼 지나가면 좋으련만
잠시 마음의 위안을 갖는다

갑작스러운 소나기에
머리를 짓누르던 잔상들이
안개처럼 사라지니 다행이다

섬강(蟾江)을 바라보며 / 정연석

이른 새벽 여명(明)은
어둠을 밀어내고
지난밤 숨겨둔 강물을
아쉬운 듯 되돌려준다

지난밤 배가 고팠는지
청둥오리는 강물을 헤집고
물고기는 물 위로 비상(飛上)
고요한 아침을 깨운다

치악산 능선 위로
해가 얼굴을 내밀면
절벽에 뿌리내린 소나무
강물에 살포시 내려앉고

햇빛에 반짝이는 섬강은
눈이 부시도록 아름답게
고향을 품에 안고 유유히 흐른다

* 섬강(蟾江) : 태기산(횡성) 발원 원주, 여주로 흘러 남한강으로 흐르는 강물

시인 정해란

목차

프로필

저서 : 제3시집 『시간을 여는 바람』 외
2024 '신춘문학상' 전국 공모전 금상 및 '서울시민문학상'
제21회'탐미문학상' 본상 및 제22회 '황진이문학상' 최우수상
한국문인협회 및 국제PEN클럽 회원
서울시 공립 초등학교로 2021년 명예 퇴임

시작 노트

나에게 있어서 시를 쓴다는 건, 어쩌면 가장 규격화된 나로 설정해 두고 가장 자유로워지기를 바라는 하나의 아이러니이다.
40분 수업을 30년은 해왔던 나에겐 40분 타이머 작동이 바로 詩로 들어가는 시그널이다. 구상에서 퇴고까지......
그 속에서 시공의 변화, 사건과 현상과 관계, 체험 등을 모든 감각과 방향키로 사유를 열어 시로 완성해 가곤 한다.
타이머 완료 신호로 한 편의 시를 출산한 기쁨에 춤을 추며 잠깐 맘껏 즐긴다. 시를 통해 치유와 정화, 공감과 위로를 줄 수 있다면 정말 기쁘겠지만 그렇지 못할지라도 난 타이머를 멈추지 않을 것이다. 그 타이머 속에서 내 들길의 꽃은 피어나기 때문이다.

사각 바다를 말다 / 정해란

썰물과 밀물이 남긴 사각 흔적
바람과 햇볕의 교차로에서 깨어나
얇게 누운 채 익어가는 바다

한 장 한 장 변신하는 김의 얼굴
색색의 야채, 고기도 밥 위에 올려
돌돌 말리는 바다

자른 단면이 피어난 식탁의 꽃
한국을 넘어서서 K푸드로 건너가니
세계인도 줄 서서 기다리다니

오늘도 파도와 태풍의 무늬가
물의 건더기로 납작하게 눕는다
사각 바다가 둥글게 만 김밥
세계인 입맛도 함께 말리는 걸까

* 2024『인사동 시인들』한영 시집 수록 작품

마침내 봄 / 정해란

눈물 어린 예각만 품은 겨울 산
언 발 묶인 무게로 건너와
희미해져 가던 동맥도
밝게 뛰게 하는 두근거림

웅크려 접혔던 무수한 생명들
잊혔던 푸른 호흡 돋아나고
마른 색깔마다 고였던 이름들
힘차게 불러내 숲을 돌린다

길 잃은 꽃들 꿈 열어주려
멈췄던 나침반의 분주해진 흐름
흙 속 움과 햇살의 자기장 끌어내니
통통 튀는 음표로 일제히 벙글어 오른다

겨우내 기생하던 우울한 그림자
하얀 이불 홑청처럼 말갛게 헹궈
파란 하늘가에 한나절쯤 널어보자

마침내 山河 곳곳에 웃고 있는 봄

* 2024 신춘문학상 전국 공모전 금상 수상작

장미, 꽃의 언어 / 정해란

밤새워 별빛, 달빛 끌어모은 이슬
햇살에 스며 제 몸 사라진 자리마다
꽃잎의 활자를 힘겹게 더듬어
송이마다 붉은 절정 피워 낸다

고인 통증과 핏빛 울음
안으로 안으로만 삼키고
줄기마다 가시로 매단 채
고귀한 향을 키우는 장미

5월의 꽃의 언어
독과 향을 품고 있다

가시에 찔린 투명한 바람의 상처만
꽃 피울 이유로 아픈 채 떠돌다가
향 나누며 치유의 신비 열어, 마침내
하늘길로 오르는 꽃의 언어, 시의 꽃

* 제2회 '서울시민문학상' 시상식 축시

책의 간택 / 정해란

읽어야 할 수많은 책이
서재 책꽂이에서 걸어 나와
거실 탁자에 누워 시위하고 있다
아직 덜 끝난 주인과의 시간 협상

어느 날은 기다림이 몇 층씩 올라가고
어느 날은 책 한쪽의 접힌 귀로 무릎 꿇은 채
주인의 시간을 기다리기도 하지만
밤새워 읽던 습관은 어느 밤길을 헤맬까

그 밤 왕에게 간택된 후궁처럼
며칠인가 달뜬 책들의 기다림
서로 성은을 받으려 온몸의 활자를
한껏 세워 빛을 뿜어 보지만
눈에 생포된 건 단 한 권의 책뿐

고요히 몰입되는 그 시선
지성과 탐미의 본능을 겹겹이 깨워
책의 건강한 척추 읽어 나갈 때
두텁게 입은 성은이 꿈틀거리며
책봉의 꿈으로 올라서고 있다

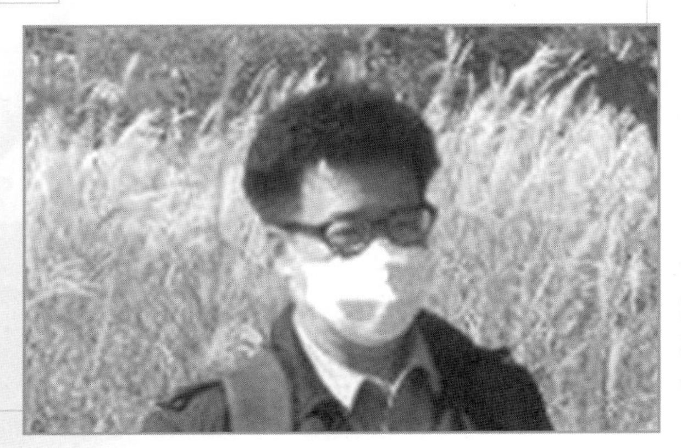

시인 정형균

목차

프로필

경기도 양평 출생. 호 송암(松岩). 독학.
2009년 월간 한울문학에 시 세월외 3편으로 신인문학상에 당선으로 등단. 주요 작품은 올해는 〈나는 가야지〉, 〈조화로운 세상 가을의 정취〉, 〈공허〉, 〈봄의 애상〉, 〈두물머리 목련과 개나리꽃 만추〉 등 저서로는 동인 사화집 (하늘빛 풍경).(한국문학작가대사전)등재(국립도서관비치) 한국문인협회 발간 동인 사화집 (詩의 四季).(한국문학인),이 있음.
현재 사)한국문인협회와 한울문학 작가회, 대한문인협회 정회원으로 문예지에 작품을 발표하며 문학 활동을 하고 있음.

시작 노트

날이 갈수록 사람들의 정서가 메마르고 이기적이며 폭력적으로 변해 가는 것 같아 안타깝다 불과 20,30년 전만 하더라도 마약 청정국이던 나라가 마약이 판치고 마약이 다른 나라로 이동하는 중간 기착지로까지 불리워지고 그런데도 그걸 단속하고 방지하는데 주력해야 할 검찰이나 정부 모두 뒷짐만 지고 있으니 국민들만 점점 병들어가고 있는 것 같아 더욱 안타깝다
예전에는 그래도 대중교통에서 책을 읽는 분들이 눈에 많이 띄곤 하였는데 요즘은 눈을 씻고 보아도 별로 없는 걸 보니 안타깝다 물론 휴대폰으로 독서를 하시는 분들도 계시겠지만 가뭄에 콩나물 나듯 매우 드문 편인데 어쩌랴 아무리 사이버 세상이라지만 마음을 다스리고 지식을 쌓을 수 있는 책만 하겠는가
그러기에 우리 작가들도 독자분들이 무얼 바라는지 각성하고 좋은 작품을 창작하여 독자들에게 다가서도록 더욱 노력하여야겠다.

두물머리 / 정형균

수천 리
쉬지 않고 흘러
북한강 남한강 합친 두물머리
잔잔히 흐르는 호수 위 빛나는 윤슬

유유히
유영하는 잉어, 물고기 떼
가을바람 타고 일렁이는 갈대
서걱대며 이 가을을 노래하는구나

두물머리
호수가 피어 있는 코스모스
한들한들 춤추며
가녀린 임 춤, 사위던가
나뭇잎 붉은색 노란색 채색되어

가을이 떠나듯
낙엽은 한 잎 두 잎 떨어져
연못에 피고 진 단아한 연꽃 위로
가을이 살포시 내려앉는다.

황혼의 물결 / 정형균

들녘에 무르익어
바람에 떨어지는 과실수
누렇게 고개 숙인 벼들의 숙연함

황혼의 물결
그림 같은 수채화 한 폭
따사로운 햇살 채색되어 고운 걸

물안개 방울방울
다채로운 향연에 빠진
낙엽의 초연함, 사랑하며 살리라

사계의 울림
한 올 한 올 적셔오는 그림자
붉은 빛으로 소담하게 달린 사과
사랑으로 영원히 안아주리라

이름 모르는 새 / 정형균

한 송이 피기 위해
속울음
아리따운 순정 고귀한 향기

따뜻한 양지 찾아
이 한 몸 바쳐
활짝 핀 그만의 자태에 숨결

퇴색된 가지에
연둣빛 새싹 솟아
향기 토해내는 꽃망울 활짝

나뭇가지에
앉아 우는 이름 모르는 새
들판에 봄소식 전하는 그리움

새싹 / 정형균

양지 찾아
그리움에 겨울 이겨내고
연두 잎 새싹
퇴색된 낙엽과 뒹굴어
봄 내음 물씬 빠져드는 향기

이곳저곳 보아도
올라오는 새싹
언 땅 녹이며 움트는
한 가닥의 생명체
물오른 나뭇가지 봄 햇살 받아

매혹스러운 눈빛
이른 봄 그들만의 힘
지난 나뭇가지와
웃음 주며 자랑하는
봄은 우리 곁에 실바람 타고 온 듯

작가 조태원

❀ 목차

❀ 시작 노트

너무나 맑기만 한 대낮, 새파란 하늘 사이에 희미하게 보이는 '낮달'이 아름다운 이유는 밤에 비칠 빛을 안고 있기 때문이다. 필요한 순간에 가장 필요한 존재가 되기 위해서는 아무도 쳐다보지 않더라도 자신의 자리를 묵묵히 지키는 것이 가장 중요하다.

바쁜 일상의 나날 사이에 '세상'과 '나'를 잠시나마 돌아볼 수 있는 시간이 詩作이 아닌가 싶다. 어떤 단어와 문장을 어느 곳에 어떻게 써야 할지 막연하기만 하다. 표현하고 싶은 마음은 무한히 크지만 적절한 詩語로 쓰는 방법을 잘 알지 못한다. 하지만 하나씩 다듬어 가는 재미로 詩를 공부해 볼 참이다. 언젠가는 '보름달'처럼 어두운 밤을 밝혀주는 그럴듯한 시(詩)가 하나쯤은 태어나지 않을까 짐짓 기대해 본다.

그리움 / 조태원

흩날리는 다섯 갈래 꽃잎 하나
여린 손바닥 위에 살포시 놓아
내 마음에 품어 보네

가느다란 바람에도 산산이 흩어지는 분홍빛 눈물

길가에 수북이 쌓여가는 그 꽃잎들만큼
소리 없이 커져만 가는 그리움

그 향기는 기억에 아로새겨져
때론 선연(鮮然)한 아름다움으로,
때론 견딜 수 없는 괴로움으로

기억은 영원히 머물지만,
계절은 아무 소리 없이 내 곁에 다가와
순식간에 사라져 버리네

내 그리운 사람처럼

가을, 서정(抒情) / 조태원

은행잎의 갈라진 자그마한 틈 사이로
가을이 찾아왔다

여름 내 신록으로 가려졌던 나무 줄기가
수줍게 드러났다
허리가 잘록한 가지는 부러질 듯 위태롭다

가을의 연인은 연약하다
살포시 눌러본 어깨가 슬프다
살짝 끌어온 허리가 여리다
행여나 다칠까 부러질까 온갖 걱정이다
그래도 길거리 수북이 쌓인 낙엽이 있어 안심이다

나뭇가지에 그리움을 켜켜이 쌓아
욱신거릴까 하는 걱정을 한시름 놓아 본다

목련 / 조태원

아무런 생각 없이 혼자 걷다가
멈추어 선 눈앞에
낯선 나무 하나

일 년에 겨우 일주일만 피는 게 가여워
까치발을 디뎌
하얀 잎을
조심스레 어루만졌다

떨어진 잎을 보기 전에는
나무가 그곳에 있는지도 몰랐다

수줍게 뻗친 가지 뒤로 파란 하늘이 보인다
거기에 있었던 걸 이제야 알았다

구름이 몽글몽글 떠 있고
그 속에 네 얼굴이 보이는구나

그리움이 녹아 있었다는 걸
주위가 온통 너로 가득했었다는 걸
이제야 알았다

아무에게도 들키고 싶지 않아
그리움을 주머니 속에 슬며시 넣어
혼자 만지작거렸다

멈추어 선 채
한참 동안 그냥 바라보았다
그 속에 자꾸 네가 보였다

가을이다 / 조태원

여름이 자리를 내어주지 않아
이제서야 겨우 가을이다

한바탕 소낙비가
북태평양 공기를 힘겹게 밀어내고
노란 들꽃이 마중 나가
손 꼭 잡고 데려왔다

줄어든 시간만큼
기다림으로 채워 볼까

붉은색 잎을 만진 손은 붉게
노란색 잎을 주웠던 손은 노랗게
푸른 하늘을 바라보았던 눈동자는 맑게

아쉬움은 그리움으로 채워지고
따스한 햇살을 쬐였던 온 몸은
추억이라는 새살로 돋아

자리를 빨리 내어주기 싫어서
더 있다 가라며
아쉬움 가득 담아 편지를 쓴다

빨갛간 우체통이 보이지 않아
아무도 모르게
은행잎 사이에 꼬옥 숨겨 두었다

이제 정말 가을이다

시인 최미봉

목차

프로필
대한문학세계 시 부문 등단
(사)창작문학예술인협의회 회원
대한문인협회 서울지회 정회원
계간 글벗 수필 신인 문학상 수상
다향문학회
올해 작가상 예술인상 외 다수 수상
한국 멘토링 협회
디아스포라 문학상 대상

저서 활동
1권 "춘천 가는 길목"
2권 "고국 꿈길 나드리"
3권 "오클랜드 노을에 물들다"
4권 "우리 가족의 시간여행"
대한문인협회 서울지회 동인지 들꽃처럼 4집 참여
아호 : 봄내

시작노트
자연과 더불어 주인공이 되는 소탈한 나의 이야기와
누구에게나 호감과 공감을 주는 풋풋한 시인의 길인 듯
뉴질랜드 푸른 초원을 보면서 뿌리를 내릴 수 있었던 것은
쏟아지는 청명한 하늘과 늘 두 둥실 떠 있는 하얀 구름 그리고
맑은 공기 잔잔한 자연을 바라보며
위로가 되는 시인의 길을 걷고 있는지도 모른다
먼 이국 땅에서 글을 쓸 수 있음을 감사합니다

갈피갈피 수선화 / 최미봉

여릿여릿 다가오는
천상의 아름다운 조화로 조율 받는 시인의 길
푸르름으로 피어나길 소망하는 기도가 있다

열매가 나무가 될 때까지 괴로워지기를 하듯
필요 없는 가지를 툭툭 베어버리는
아픔의 작업을 거듭하며 피워낸 세 번째 수필집

첫 장 작가의 말을 읽어 내려가며
조국의 그리움으로 가득한 소박한 삶을
갈피갈피 남기는 보랏빛 수선화

하늘의 섭리에 대가 없는 사랑으로
자유를 누릴 수 있다는 것에 행복해하며 채워가는 글
누군가에게 위로를, 삶의 질을 높이며

나눌 수 있다는 멋짐도
시인들에게만 주는
항시 가까이에 있는
아름다움이 아닐는지

모국어 / 최미봉

뉴질랜드 가을 국화꽃 피었다 지는 8월에
4개월 동안 그리워하던 고국 방문에 나선다

많은 사람들 틈에 묻혀 낯선 길을 헤쳐 나가는
간단한 지오그래픽 문자가 새겨진
빛바랜 배낭 둘러메고 청바지에 카디건 걸치면

어디든 고국 땅을 다져가며 오고 가던 날들
삼성역에서 네 번을 갈아타야만 하는 상봉역에 도착한다
춘천행 대기실에는 많은 웃음들이 서성이기도 하고

오고 가는 다양한 이야기 속에 그리웠던 모국어
정들고 사랑했던 고향에는 아파트만 빼곡하다
그린벨트로 묶인 유일하게 남은 학곡리 "복사꽃 피는 마을"

텃밭에는 빨갛게 익어가는 고추, 통통한 배추, 무가 널브러져 있다
아침이면 수묵화 그려지는 운무가 가득했던 대룡산 자락에 할머니 댁
밤이면 개구리 울음소리 들으며 3번째 수필집 가제본 수정을 한다

주먹만 한 눈송이 흩날리는 하얀 하늘
보고 싶은 형제 친구들, 문인협회 서울지회 송년회 모임,
수필집 출판 기념일 그리움에 한 줄이 되어 공항 방지턱을 넘는다

표 한 장 / 최미봉

혼을 태웠던 동백꽃 지고 나니
목이 긴 프리지어 자유스럼이
오롯이 사랑 껴안고 흔들어대는 봄

숲속에 숨겨진 햇살에 취한 속삭임 따라
수직으로 공명된 진동 소리에
봄 향기 출렁거리는 바람 몰고 오는 초록물속에

자목련 산수국 흐드러지고
잔디 속에 피고 있는 이름 모를 하얀 꽃들
햇살에 빛나는 표 한 장 들고
뛰고 있어요

꽃단장하는
지고한 봄 햇살에
묻혀 있어도
고향길 가는 만큼
행복할까요

아들들의 생일날에 / 최미봉

두 아들 바라보며 기쁨으로 솟아오르는
행복과 기쁨으로 벅찬 나날들이 특별한 감사지

착하고 선한 그리고 당당한 너희들을 바라보면
주님이 귀한 선물을 주신 것은 특별한 사랑이다

언제까지 너희들 하고 함께 할지 모르지만
기도는 밀리지 않고 차곡차곡 싸여간단다

지각생이라도 좋다
개근상 보다 정근상이 뜻도 대단하지

성경 말씀에 게으르지 않도록 시간을 만들어라
진리는 우리의 삶을 좌우한다는 것을 명심하고 기도하거라

힘들 때 하늘을 바라보며
힘을 주실 하나님께 이끌어 주실 것임을 믿고 꿈을 펼쳐라

주님을 경배하고 찬양하며 오늘도 시작하는 하루가 되길
우리 사랑하는 아들들 엄마 마음 알지!

시인 최정원

❀ 목차

❀ 프로필

전북 순창 출생
2017 대한문학세계 시 부문 등단
2016 열린동해문학 신인문학상 수상
2020 서울특별시의회 의장상
3·1절 100주년 기념 도전한국인
2019 문화예술지도자 대상 수상
2023 문학광장 주최 황금찬문학상 시부문 대상 수상
2021 문학신문 주최 윤동주별문학상 수상
2022 문학신문 주최 황금펜문학상 수상
2023 황진이 문화 예술상 금상 수상
2021 림영창 문학상 수필 부문 대상 수상
한국저작권협회 정회원
노벨문학 부회장

가을 / 최정원

산들산들
불어오는 바람
꽃잎처럼 휘날리고

아름다운 강산에
꽃이 피듯
내 마음도 꽃이 피네

아~아~아
가을 가을 가을

낙엽은 빨갛게
물들어가고
내 마음도
울긋불긋 꽃이 피네

가을 가을 가을
가을을 사랑해야지
가을 가을 가을
가을을 노래해야지

가을 가을
가을을 사랑해야지

꽃 / 최정원

데일 듯

뜨거운 햇살이

내리쬐도

심술궂은 바람이

흔들어 대도

꽃은

그래도 웃더라

꼭

너처럼

그대 / 최정원

지나간
시간만큼
멀리 떠난 것일까

희미한 기억 속
한 줌 햇살 속에 비치는
그대 모습

어디선가
바람을 타고 돌아와
서성이듯
빗물처럼 젖어 드는데

그리움인가
안개 속에
저만치

서 있는지도 몰라

그런 사람 / 최정원

가을
단풍잎처럼 예뻐서

보고파지는
그런 사람 있습니다

떨어지는 낙엽이 아쉬워
눈물 흐르던 그런 사람

그리워서 보고파지는
그런 사람 있습니다

차가운 날이면 달려가
따뜻한 목도리 해주고

차 한잔 같이 마시고 싶은
그런 사람

보고 싶어 한걸음에 달려가
보고 싶은 그런 사람 있습니다

시인 한현희

목차

프로필

대한문인협회 정회원
대한문인협회 서울지회 총무국장
대한문인협회 향토 문학상 입상
대한문인협회 짧은 시 짓기 입상
서울 시민 문학상 입상

소용돌이 / 한현희

일렁이는 망설임의 바다에서
정착하지 못하고
떼쓰는 상념이여

휘어지는 바람의 숲에서
단단하지 못하고
쏟아지는 번민이여

물밀듯이 휘몰아쳐
끝내는 물거품이 되어버리는
부질없는 희망이여

살다 보면 / 한현희

살다 보면 저절로 깨닫게 되는 것이 있고
살아봐도 모르는 것이 있습니다

많은 것을 안다고 자부하지만
많은 것이 나를 비껴가기도 합니다

노력하지 않아도 얻어지는 것이 있고
죽을힘을 다해도 내 것이 아닌 것이 있습니다

시간은 나를 지켜줄 때가 있고
절망을 한 아름 안겨주기도 합니다

살다 보면 다 알아도 모른 척해야 하고
몰라도 아는 척해야 합니다

가끔은 공평하지 않다 불평하지만
가끔은 공평한 것 같기도 합니다

그 안에서 평범한 나로 살기를 희망합니다

의지, 의식의 흐름 앞에 / 한현희

시간은 날 키워 성숙시켰다
여기며 기특하게 생각하겠지만
난 아직 제자리인 거 같다

마음이 깊어져 모든 것을
이해하고 배려하는 줄 알았지만
난 아직 약하고 여린 마음이다

세상이 실망과 아픔을 이불처럼 덮어도
어른이 된 것처럼 행동하지만
난 아직 부족한 어린아이 같다

가끔은 텅 빈 눈빛과 허약한 육체와
공허한 마음이
나를 지배하며 힘들게 하겠지만

그럼에도 포기하지 않은 내가 있어
희망과 용기로 방황하는 두 발을 들어
앞으로 나아가길 바란다

언제나 행복임을 / 한현희

그렇게
찾아 헤매고 다녔던 희망은
언제나 나와 함께 있었더라

내 삶에
희미하게 있었던 기쁨은
슬픔 속에서도 항상 빛나고 있었더라

가치가 없어져
혼란스러웠던 믿음은
다시 한번 손을 내밀어 보는 용기였더라

평생 눈물의
굴레인 줄 알았던 사랑은
나를 이끌고 가는 힘이었더라

언제나 그렇게 나는
행복 속에 있었더라

시인 홍진숙

❀ 목차

❀ 프로필

대한문학세계 시 부문 등단
대한문인협회 정무국장
(사)창작문학예술인협의회 회원

〈저서〉
시집 "천천히 오랫동안"

들꽃처럼 2집부터 그 외 동인지 다수 참여

❀ 시작 노트

오래도록 보폭의 발자국을 맞추며 걸어온 들꽃 길
더없이 아름다운 시향의 풍경들
앞으로도 함께 걸어갈 길입니다

위대한 한 뼘 / 홍진숙

맺힌 것은 다 아픔이 있지,
몸이 상처가 나고 벗겨져도
끝까지 살아 내야 하는

베란다 구석 화분 한 귀퉁이
한 뼘 남짓이라 뿌리를 내릴 수 없는 영역
어디서 날아와 자리를 잡았는지
연약한 파프리카 한줄기

키워낸다는 것도
힘겨울수록 반드시 잘 자라 주어야 하는 숙명 같은
일제히 눈뜨고 일제히 잠들며
찰지게 젖을 빠는 적막이 뭔지도 모르는 눈망울들에게
입안 가득 초록을 먹여주는 푸른 혈관
한밤 사이에도 한껏 살이 오르도록

오직 한 가족 번성을 위한 몰두 한철 보내고
등걸은 굽고 줄기는 허옇게 벗겨진
요란하지도 화려하지도 않은
위대한 한 생이 오후의 그늘에서 온기가 식어가고 있었지

길들인다는 것 / 홍진숙

그가 미워 그를 밀어냈다
그가 빠져나간 큰 웅덩이
이건 뭐지
그가 남긴 구심점에서 나는 그만 길을 잃고 말았다
아
얼마나 깊이 그가 나에게 뿌리박혀 있었는지
가까이 있을 때는 미처 몰랐던 함정에 빠지고 말았다

봄날은 간다 / 홍진숙

온 사방 환하다
빗장을 열어놓은 꽃잎 속눈썹 그늘 뒤 숨어
한동안 비밀스러운 아름다운 자태를
훔쳐보았다.

겁 없이 자라나는 여린 새순
짙어 오는 갖가지 색들의 침입
하늘은 더욱 깊어져 낯선 환희로움
문득 나의 생 한 부분도 꽃잎에 물들고

어느 한때
날 세우며 살았던 아픈 순간까지도
잊게 하는 지금, 이 호사를 오래 누리고 싶지만
꽃그늘 길이는 빨리도 기울어
꽃나무 가지 앉았다 바로 전에 날아간
새 한 마리 휘저어 놓은 풍경 속으로
이미 가고 있었던 봄

처서 / 홍진숙

몇 번 비 내린 뒤
여름을 달구며 지척에서 울어대던
매미들 합창이 조용해졌다

산그림자와 함께 지나가던
서늘하게 식은 바람 몇 줄기

구절초 향 더 짙어졌다고
어린 수수 알들도 알차게 여물었다고
지나가며 소식을 알린다

펄펄 끓으며 산란했던 마음도 함께 실어
떠나는 것들을 배웅하며
또 한철 건너는 지금
게으름으로 미루고 있었던 일들을 마무리해야겠다.

시인 황영칠

목차

프로필

대한문인협회 서울지회 감사
대한문학세계 시, 수필, 동시 부문 등단

〈저서〉
시집 “사랑 공식”

문학이 꽃핀다(동인지), 명인명시 특선시인선 (공저)
“시가 열리는 나무” (대한창작문예대학 졸업 작품집)
대한문인협회 수상 다수
2023 서울 詩 지하철 공모전 당선
2023 노인 일자리 수기 공모전 당선(보건복지부)

시작 노트

엄동설한 모진 풍파를 이겨내고 비바람 맞으며 자라나서 한 송이 들꽃으로 피어나고 싶었습니다. 어느 누구 하나 눈길 한번 주지 않아도 해를 거듭할수록 더 곱고 예쁘게 피어나고 싶었습니다. 고운 시어들이 모여서 더 예쁘게 피어난 들꽃은 더 아름다운 세상을 위하여 바람이 되고 비가 되고 맑은 공기가 되고 마침내 모두를 사랑하는 햇빛이 되고 싶습니다.

부부 사랑 공식 / 황영칠

당신과 나는
인생 꽃밭에서 시소를 탄다

나는 당신을 사랑으로 높여주고
당신도 나를 사랑으로 높여준다

나는 낮아져서 행복하고
당신을 높여주면 더 행복하니

우리는 낮아지면 행복하고
높여주면 더 행복한 부부다

이것이 우리들의
부부 사랑 공식이다.

* 2023. 서울 詩 지하철 공모전 당선작

몸이 주는 교훈 / 황영칠

나이가 들면 눈과 귀가 머는 것은
나쁜 것은 보지 말고
궂은 소문도 듣지 말라는 뜻이요

나이 탑이 높을수록 깜빡깜빡하는 뜻은
아프고 괴로웠던 삶의 기억은
잊고 살라는 가르침이요

윤기 나던 검은 머리 백발이 되는 뜻은
젊은이들 눈에 잘 띄어서
정성껏 보살펴 드리라는 까닭입니다

늙을수록 허리가 활처럼 휘는 것은
앞길 잘 살펴서 조심조심 다니라는 뜻이 하나요
먼 앞날은 걱정하지 말라는 뜻이 둘입니다.

달던 입맛이 쓴 것은
소식小食이 건강에 좋다는 가르침이지요

이 보소 벗님네들
세상인심은 조석으로 변덕을 부리지만
몸이 주는 교훈 소중히 배우면서
우리 서로 나눈 사랑 가슴 깊이 보듬으며
천근만근 근심 걱정 남김없이 내려놓고
물처럼 구름처럼 바람처럼 걱정 없이 살아보세.

깻잎 전쟁 / 황영칠

우크라이나 전쟁은 육지 저편 전쟁이니
불행 중 다행이다

이스라엘 전쟁도 몸소 참전하지 않으니
이 또한 다행이다

깻잎 전쟁은 집안 전쟁
직접 참전해야 하니
불행 중 불행이다

부부 동반 동창회 날
친구 아내 깻잎 반찬 잡아주고
폭발한 불꽃 튀는 전투에서
적군은 아내요 아군은 나다

적군의 선제공격 집중포화로
전선은 여지없이 단숨에 무너지고
깻잎 전쟁은 참패로 끝났으니
아내와의 전쟁은 백전백패다

중상입은 몸으로
임전무퇴 백전백승
두 주먹 불끈 쥐고 칼을 갈고 이를 갈며
승산 없는 필승을 두고두고 다짐한다.

나훈아 효녀들 / 황영칠

사랑했던 임과 이별하듯
아쉬운 한 해를 보내면서
주름진 중년 여인들의 청춘을 부르는 함성이
나훈아 송년 공연장에 폭죽처럼 터진다

나훈아의 '고향 역'이 옛사랑 찾아 떠나가고
훈아 오빠 앙코르를 외치는 우리 엄마 목소리는
그칠 줄 모르는데
나훈아 효녀들은 달빛 그림자 밟고 창밖에서 떨고 있다

사랑하는 자식들 설날 효도 선물은
인삼 녹용도 아니요
명품 가방에 현금도 아니다
최고의 선물은 훈아 오빠 티켓이다

나훈아 티켓은 자식 자랑 1호다
공연장 밖에서 기다리는 자식은
효도하는 딸들이다
친구야, 너는 딸이 있어 참 좋겠다.

들꽃처럼 제15집

"들꽃처럼"이라는 이름처럼,
저희 동인은 화려하지 않지만
꾸준히 피어나는 들꽃처럼,
묵묵히 자신의 길을 걸어가고 있습니다.

들꽃처럼 제5집

대한문인협회 서울지회 동인문집

2024년 10월 23일 초판 1쇄
2024년 10월 25일 발행
지 은 이 :
강개준 강고진 김명수 김명시 김미영 김영길 김영수 김영환
김윤곤 김은실 김정희 김종태 김혜정 문익호 박광현 박목철
박상종 박진표 백승운 서석노 성경자 성평기 안용기 염인덕
윤만주 은 별 이고은 이효순 임미숙 임현옥 장선희 장수연
장용순 정병윤 정연석 정해란 정형균 조태원 최미봉 최정원
한현희 홍진숙 황영칠
엮 은 이 : 김혜정
디자인 편집 : 이은희
기 획 : 시사랑음악사랑
연 락 처 : 1899-1341
홈페이지 주소 : www.poemmusic.net
E-Mail : poemarts@hanmail.net

정가 : 15,000원
ISBN : 979-11-6284-566-0